在宇宙间不易被风吹散

冯唐

北京联合出版公司

如是我闻

第二品 鼻·舌之器

目录

第四品 意之器

第三品 身之器

第五品 阿赖耶之器

赞曰

序分

用美器消磨时间

昔沩山问懒安："汝十二时中当何所务？"
安云："牧牛。"
山云："汝作么生牧。"
安云："一回入草去，蓦鼻拽将来。"
学道人制恶念，当如懒安之牧牛。
——大慧宗杲禅师

人是需要有点精神的，
有点通灵的精神，
否则很容易出溜成行尸走肉，
任由人性中暗黑的一面驱使自己禽兽一样的肉身，
在世间做一些腐朽不堪的事情。
——冯唐

用美器消磨时间

一日茶，一夜酒，一部毫不掩饰的小说，
一次没有目的的见面，一群不谈正经事的朋友，
用美好的器物消磨必定留不住的时间。所谓本质一直就在那里，本一不二。

人是需要有点精神的，有点通灵的精神，否则很容易出溜成行尸走肉，任由人性中暗黑的一面驱使自己禽兽一样的肉身，在世间做一些腐朽不堪的事情。

人不是神，无法脚踏祥云或者头顶光圈，人通灵的精神需要落实在一些通灵的时间上。明代嘉靖、万历年间的陈继儒，在《太平清话》中列举了一些东方文化中的通灵时间：“凡焚香、试茶、洗砚、鼓琴、校书、候月、听雨、浇花、高卧、勘方、经行、负暄、钓鱼、对画、漱泉、支杖、礼佛、尝酒、晏坐、翻经、看山、临帖、刻竹、喂鹤，

多花点时间在这些
通灵的东儿，
人容易有精神。
多用些美的做这些
通灵的东儿，
人更容易有精神。

右皆一人独享之乐。”

人是群居的生物，越是在通灵的时候，越希望有知己在旁边起哄架秧子。一杆进洞，四下无人，人生悲惨莫过于此。

这个放下不展开谈。上述列举的通灵时间，都需要一些器物实现：焚香需要香炉和香，试茶需要茶盏、茶壶和茶，洗砚需要砚台，鼓琴需要古琴，哪怕负暄（俗话说就是冬天里晒太阳），也需要一条狐皮褥子垫在屁股底下。

以器物论，东方文化中有两个美学高峰。

一个高峰是商周之前的高古玉，几乎全是礼器，“苍璧礼天，黄琮礼地，青圭礼东方，赤璋礼南方，白琥礼西方，玄璜礼北方”，光素温润，毫无戾气。

另一个高峰是宋金的高古瓷，很多和茶、花、香相关的美器，用于上述通灵的活动，“点茶、插花、焚香、挂画”，单色不琢，和敬清寂，因为隐忍，所以美得嘹亮。

商周之前的高古太遥远，那时候人的平均寿命太短，生活太魔幻。相比之下，宋朝是个不爱打打杀杀的朝代，某些皇上都是骨灰级文艺男，对于我们今天的生活，宋朝的审美更具指导意义。

我案头常放几件古器物，多数能用，喝茶、饮酒、焚香，多数是宋朝的。盘桓久了，看到窗前明月，知道今月曾经照古人，会问：“明月几时有？把酒问青天。”

一盏。北宋建窑兔毫盏，撇口，直径约十厘米，盏色青黑，兔毫条达，盏底修足工整，盏外近底处有垂釉和釉珠。一罐。宋金钧窑双耳罐，内壁满釉，底足不施釉。一印。宋羊钮白玉印，微沁，两厘米乘一厘米见方。宋代喜欢用玉雕羊，雕工极细，羊神态自若，面部由多个棱面组成，体现宋代动物玉雕的特色。

很难用语言形容这一盏、一罐、一印的美。我一直认为，文学首要的追求是求真，探索人性中的无尽光明与黑暗。真正的美，只可意会不可言传。

在真正的美面前，文字常常乏力。白居易说杨贵妃，“芙蓉如面柳如眉”，然并卵，这么多年过去了，白居易这句诗流传下来了，我们还是不知道杨贵妃长的什么样子。

如果勉为其难，用语言形容这三件器物呈现的东方审美——

东方审美就是实用的美：建盏的口沿很薄并且向外撇，喝茶的时候，上下唇贴上去，非常服帖；建盏的壁很厚，茶汤倒进去不容易凉。钧窑罐的形状很美，哪怕不插花，摆在案头就很养眼；釉厚，千年过后的今天，还是能当实用的水入，不漏不渗。千年过后的今天，玉印摸上去还是滑腻不留手，顺手，顺心。

东方审美就是传承的美：这三件器物，我都见过类似器形和做工的同类，在没必要改变的时候，古代的匠人竭尽心力传承前辈匠人精心塑造的美，恭敬从命，细节一丝不苟，大局随心所欲而不逾矩。

东方审美就是自然的美：它们似乎都不是主观设计的产物，匠人只是努力把它们恢复到了天生应该的样子。拿起青黑的建盏，喝一口当年春天摘的古树生普，冷涩而后甘，山林的春天就在唇齿之间，“一杯落手浮轻黄，杯中万里春风香”。插一支莲花到钧窑罐，仿佛养一支莲花在小小天青色的水塘，“雨过天青云破处，这般颜色作将来”。

审美的确需要天赋，但是天赋需要点拨，后天熏陶能在相当程度上弥补天赋的不足。多花点时间在这些通灵的事儿，人容易有精神；多用些美器做这些通灵的事儿，人更容易有精神。精神即是物质，物质即是精神，本一不二。

年轻的时候喜欢透过现象看本质，读万卷书行万里路，常常将天地揣摩，希望终有一日妙理开，得大自在。人慢慢长大，喜欢略过本质看现象，一日茶，一夜酒，一部毫不掩饰的小说，一次没有目的的见面，一群不谈正经事的朋友，用美好的器物消磨必定留不住的时间。所谓本质一直就在那里，本一不二。

这本书，就和各位简单分享我理解的东方美学。

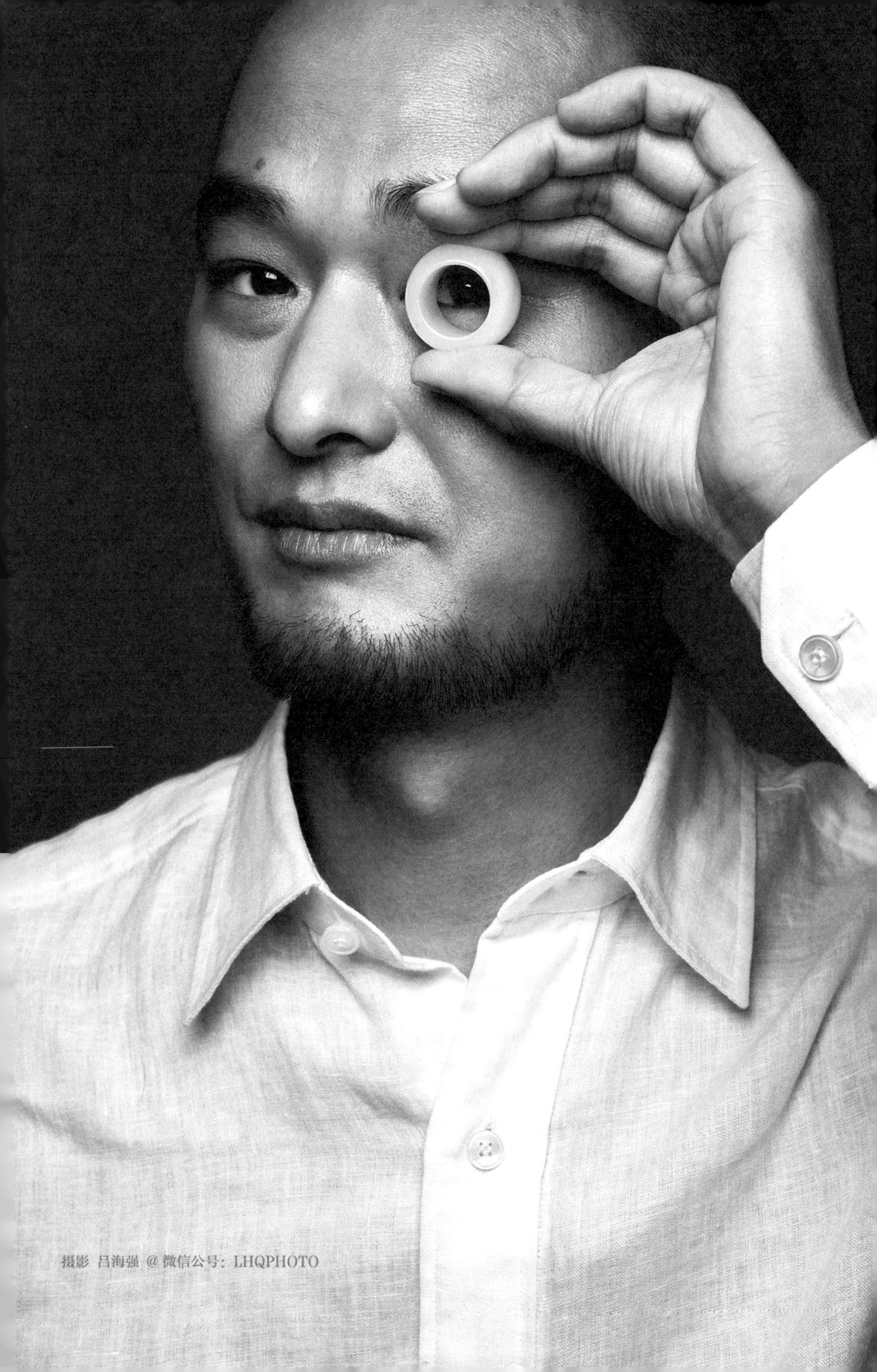

摄影 吕海强 @微信公号：LHQPHOTO

第一品

眼·耳之器

师到茱萸，将拄杖于法堂上由东到西，由西到东。
茱萸云：作甚么？
师云：探水。
萸云：我这里一滴也无，探个甚么？
师靠却拄杖，便去。
——赵州从谂禅师

做一个人性的矿工，
挖一挖，
再挖一挖，
看看下面的下面还有什么。
——冯唐

相机抓到妇女的性感和诗意

街上像草木一样美好的姑娘，忽然无意识地开放，
你忽然看到了，
忽然想到了些什么，想说点什么。

我认识荒木经惟是在伯克利电报街的Moe’s书店四楼。

四楼有个相对独立的区域卖古籍善本、字画图录，我在那个区域翻到了他的摄影集。封面是一个女人弯在一条船上，眼睛闭着，似乎睡着，但是一点不安详，似乎不清晰地梦着这个尘世间众多无名的苦难。后来知道，她是他死去的妻子，他给她拍了很多照片。她去世前，他握着她的手。他说，她死之后，他只拍天空。看完这个摄影集，发现荒木经惟还喜欢拍猫、拍玩偶、拍儿童、拍各种妇女。我核对了一下日期，

不少妇女的照片是妻子死后拍的，还有捆绑等重口味，所以，她死后，他不只拍天空。他只是非常认真地拍了一阵儿天空，还在很多天空的照片上写上“死”这个汉字。

荒木经惟拍的妇女，都不是传统意义上的标准美人，脸没动过什么刀，长得不像如今人造五官的影星、歌星、广告模特，有些似乎还符合传统意义上的丑。但是在我眼里，他的某些照片拍出了这些妇女的伟大性感和诗意，这些性感和诗意让她们和草木一样美丽。

合上他的摄影集，我忽然想到，这些性感和诗意要么超出了文字的表达范围，肿胀地存在于文字之外，要么稍纵即逝。等我找时间沉静下来，拿稳纸笔，文字在心神里等待涌出，它们已经云彩一样、露水一样、冰棍一样，以另外的形状沉没在遥远的时间里。在这一瞬间，我觉得我也该摄影，包里永远揣个相机，走到街道上，走在尘世里。

尘世是个巨大的信息源，走在任何街道上的任何一个瞬间，一个人接收到的信息一定超过他电脑硬盘的总容量。眼耳鼻舌身意，无尽的信息在瞬间被接收到，在瞬间被忽略掉。街上像草木一样美好的姑娘，忽然无意识地开放，你忽然看到了，忽然想到了些什么，想说点什么。在这一瞬间，街上的姑娘、你视网膜上的姑娘、你心里的姑娘、你脑海里的姑娘，都不一样，都是某种性感和诗意的表象。你说出来、写出来的那一瞬间的姑娘，又是另一些表象。别人听了、读了，在他们心里和脑海里的姑娘，又是另一些表象。这一切表象无可奈何地偏差着，试图努力地重合着，都是徒劳。最好的表达，就是在这一切的偏差中精妙地传递出那一瞬间的性感和诗意。抡起相机，往那一瞬间的性感和诗意拍去，得之我幸，不得我命。如果照片抓到了这些性感和诗意，我就可以臭牛逼地说，我拍得像荒木经惟一样有力。如果照片没抓到这些性感和诗意，但是让我回想起那些瞬间，我就拿起我的笔，争取写出这些性感和诗意。对我来说，照片起到了记录生活、辅助写作的作用。

所以我不会学习任何烦琐的摄影技巧和艰深的摄影理论，掌握最基本的常识和技术之后，我就按我的三观和视角，拍我觉得有趣的瞬间。

街上像草木一样美好的姑娘，
忽然无意识地开放，你忽然看到了，
忽然想到了些什么，
想说点什么。

抡起相机，
往那一瞬间的性感和诗意拍去，
得之我幸，
不得我命。

我会看荒木经惟和其他一些我觉得三观和视角相近的人的摄影集，这样就能在街上看到更多有趣的瞬间。

所以我需要一个很好的相机，弥补没技巧、没理论、没培训的不足。经朋友介绍，我到香港最大一家摄影器材店的中环分店，用极差的广东话、北京垂杨柳味儿的英文和国语与店主沟通。

我说：对于相机，我就两个简单要求。第一，最主要的要求，是相机能尽量体现拍摄瞬间的真实，光线、色调、空间尽量和眼睛看到的样子相去不远。拍肉，看了流口水；拍水，看了听到流水；拍美好的女人，看了想再看一眼。第二，次要的要求，是最好能小些、轻些，扫街不用背很大很重的包，出街不用有很大心理负担。

店主龇牙咧嘴了很久，说：你的要求是最苛刻的要求，哪怕钱不是个限制条件，都做不到。我和几个器材行家探讨了几次，也试过几种方案。比如手机的 Low-Fi 方式，不行，照片离眼睛看到的样子太远；比如理光 GRD 或者松下的微单或者徕卡 X 系列，不行，照片还是和眼睛看到的差距挺大，而且快门慢；比如佳能入门单反，不行，照片还是和眼睛看到的差距大，而且，体积有些大。

最后试出的最适合我要求的方案：徕卡 M9 全画幅旁轴加 50mm 定焦饼干镜头。

50mm 镜头是二十世纪四十年代生产的，加个简单的转接环，竟然还能用在七十年后的机身上，赞。镜头本来就不大，能缩进机身里面去，连上机身，也就是半本 32 开的书而已，放包里不占地儿。唯一的问题是光圈只有 3.5，但是 ISO 调到 800，晚上一般光线也能应付得了。至于还原眼睛所见，135 相机中，我没看到比徕卡 M 系列强的。

综上所示，荒木经惟是我摄影的入门师傅。我定义了我的摄影哲学，选定了我的常用装备，就上街拍片了。我争取学到他的一些皮毛，抓到一些妇女的性感和诗意。

在很久的时间里，
我只单纯地看文字，
图像几乎完全没有。

春宫
纯美而丰腴的黄光

为什么人就不能像看待一只绣花鞋一样看待一只女阴?
为什么人就不能像看待一匹马一样看待一只阴茎?

听博尔赫斯说，他视力逐渐减弱到完全失明的过程中，最后看到的颜色是黄色。我上商学院的时候，暑期工作在新泽西，每个周末都去纽约玩耍，天下再大的雨，夜再黑，远远都能看到纽约黄色的计程车欢快地开过来。所以常住香港之后，很长一段时间，我不能适应计程车的红色，远远的看不到，来到近前以为是救火车，吓人一跳。所以一点不奇怪，中文里，给色情定的颜色是黄色，黄书、黄画、黄片、黄教授、黄毒赌。

我成长在红旗下，无电脑、无互联网的七八十年代的中国北京。以我住的广渠门外垂杨柳为中心，世界一层一层向周围铺开，仿佛一个巨大的迷雾。教科书可疑，《世界历史》可疑，《中国历史》可疑，《简

少年时代看到的
文字黄书，
渐渐和
这些画对接上了。

明社会经济史》可疑，《常识》可疑，《语文》可疑。我听着三皇五帝，觉着像是编的；我听着旧石器时代和新石器时代，觉着像是编的；我听着资本主义社会牛奶生产出来宁可往大海里倒，觉着像是编的；我听着老师说，鲁迅写道“我的院子里有两棵树，一棵是枣树，另一棵也是枣树”，这反映了鲁迅在国民党统治下的白区无比苦闷的心情，觉着老师病得不轻。

那时候仅有的交通工具是左右腿和自行车。我走到护城河，走到东便门，走到观象台，走到空军大院，走到龙潭湖，走到天坛。我骑到故宫，骑到北海，骑到颐和园，骑到香山。我骑得累死了。我觉得眼睛看到的一切似乎想要告诉我世界是什么但是又不明说到底是什么。我完全无法分辨花草的绽放与衰败和我当时的生长与未来必然的死亡之间有什么本质区别。

那时候劲松西口有个新华书店，王府井有个新华书店，珠市口有个中国书店，东单有个中国书店。我读到《史记》，我读到《十三经注疏》，我读到《世说新语》，我读到《全唐诗》，我觉得我看到了一些真和很多美。在书店的一些角落，我找到冯梦龙的《挂枝儿》，我找到全本影印的《三言二拍》，我找到《红楼梦》里宝玉和袭人的第一次，我找到《肉蒲团》的英译全本，我找到《秘戏图考》的汉语译本。一道黄光从百会响亮到涌泉，世界似乎明亮了起来，我似乎开始从博尔赫斯形容的完全失明到了有些光感：除了黄光之外的红光、蓝光、紫光，也慢慢变得可以辨识，世界似乎终于有点真实的模样了。

在很久的时间里，黄光单纯地来自文字，图像几乎完全没有。中国文字向来端庄，哪怕是《金瓶梅》里写口交，也不直接写，也要吟上一曲《西江月》为证："纱帐轻飘兰麝，娥眉惯把箫吹。雪白玉体透房帏，禁不住魂飞魄荡。玉腕款笼金钏，两情如醉如痴。才郎情动嘱奴知，慢慢多咂一会。"哪怕是《素女经》里写性交，也不直接写，写得一会儿像是少林武功，一会儿像是《道德经》《南华经》："天地之间，动须阴阳。阳得阴而化，阴得阳而通，一阴一阳，相须而行。故男感坚强，女动辟张，二气交精，流液相通。"

然后互联网来了，改革开放了，日本AV和欧美成人片直接从

Windows 拥来。那股纯美而丰腴的黄光，似乎变得像阳光直射一样刺眼，除了男山女水就是女水男山，完全没有似山非山、似水非水的一环；从少年时代缓缓而隐秘地流来的黄色传统，似乎被生生割断了。

属于中国黄色传统的春宫画很晚才来到我的世界。2010 年，我用喝了两次小酒的情意，才从人民文学出版社的一个老编辑手上，买了一套他们社影印的线装《金瓶梅》，两函二十册。第一册全是画，全是黑白的，房子清楚、家具清楚，图里的男女模糊似鬼魂，没学到多少男女，倒是请木匠老哥照着做了一张清通简要的硬木罗汉床。2013 年夏天，我逛 798，在一个专卖画册的书店里买到一本英文专业书 *Gardens of Pleasure*（《享乐花园》），才看到真正意义的中国古代彩绘春宫画，晚明到晚清的居多，言语无法直接形容，但是我感到，少年时代看到的文字黄光渐渐和这些画对接上了。

也是 2013 年夏天，我连续两次见到徐累兄，布衣白发，眼神里有古意。第二次见面是在一个私人酒席上，徐累带来的酒很好喝，他也没少喝。他红着脸说，他也画春宫。阅读徐累的画册，我看到了另外一种春宫，尽管也是水墨，也是中国画画法，他的黄画是蓝色的、灰色的、古铜色的，是一只鞋、一把扇子、一本遮面的书、几匹阴影里的马、一张没有地名的地图上满满的春药的名字。唯一一幅严格意义上的春宫叫《念奴娇》，右上角，一个妇人侧身噙住一个男人的阴茎，但是画面的大部分留给各种帷幔、屏风和围墙，留给一只半中不西的女鞋，留给一个比男人阴茎大无数倍的长长的下垂到女鞋上的马头。

我不懂音乐，不懂画，我只是尝试着通过文字理解世界、表达世界。我想徐累或许是和好的文字工作者一样，要做一个人性的矿工，挖一挖，再挖一挖，看看下面的下面还有什么，那束黄光能照到多远、多深。为什么人就不能像看待一只绣花鞋一样看待一只女阴？为什么人就不能像看待一匹马一样看待一只阴茎？

我期待徐累有天能直接画套《金瓶梅》《肉蒲团》或者《不二》的春宫，二十张，二十个棱面。未来的某一天，一个眼神里有古意的黑瘦的少年，在一个暮春的下午，裸了身子，喝着凉啤酒，翻着这套春宫的画册，阴茎和世界慢慢地真实地挺立起来。

AV 像极初恋，像极女神

你们七〇后男生是怎么回事儿？怎么总是不主动？

老天似乎给了人类过多的性欲，而且，给男性的性欲远远多过女性，给某些男性的性欲远远多于大多数男性。

其实，在性欲之外，老天造人时，考虑到各种意外的发生概率，在各方面都给人留了些备用的空间，比如多一个肾，多 50% 以上的肝，多 70% 的肺，多 80% 的冠脉，多 99.99% 的脑子。脑子和性欲一样，都属于被留了过多的备用能力。本来，食蔬、饮水、对一灯、卧一床、有一两个熊孩子就够了，但是脑子和鸡鸡一直不停摆动。所以人类普遍存在两个问题：一是想得太多，二是性欲太炙。肾、肝、肺、心这些器官类的备用能力，如果不用，最多也就是多些负重，仿佛汽车备胎一样，放在身体里，增加些体重而已；哪怕是脑子，还有天赐的睡眠，黑天黑甜，一夜到明天。性欲太炙，不及时疏导，就会有反作用，轻则攻脑、攻心，重则攻肺、肝、肾。时间是身外的流水，逝者如斯夫，一点不等人。性欲是体内的流水，水浮万物，花开鸡鸡大，花谢鸡鸡塌。

如果没了AV，世界怎么办？从这个意义上来说，AV福德多多。作为中国人，我们有恨日本的一切理由；因为AV，我们至少有一个感恩日本的理由。苍井空是日本的，也是中国的、亚洲的、世界的。

最早接触AV是在前互联网时代。我刚上高中，家里买了一台松下录像机，能录能放，当时的超高科技。老爸对我说，你哥哥有盘录像带，藏在被褥底下很久了，他今天不在，咱们一块看吧。那是我第一次看AV。录像带是AV版的《金瓶梅》，因为翻录次数太多，满屏马赛克，想象力差的根本分不清哪处是女人的屁股、哪处是女人的脸。我凭着对《金瓶梅》的文字记忆，给老爸指点，哪些马赛克团块是武大郎，哪些是武松，哪些就是潘金莲了。惊诧于我的辨识能力，老爸建议我，高考填写志愿仔细考虑以下三个专业：临床医学、人类考古学、气象学。

在前互联网时代，如果谁寻到一盘翻录次数不多的无码 AV 录像带，通常会招呼大家一起看，和在公共浴池洗澡一样。尽管是公共，看的时候，男女还是分开。我只参加过男场，三排，最前排拿本杂志垫着坐地上，中间坐板凳，最后排坐床上。谁都不笑、不说话、不去厕所，甚至身体都很少挪动。很久以后，2013 年某月，反复被三个女生问道：你们七〇后男生是怎么回事儿？怎么总是不主动？我反复想起那些八十年代末期漫长的夏天午后，我们集体观看 AV 时受到的酷刑。很多美好的七〇后少年，就是在这种集体观看 AV 的实践中，失去了在现实生活里主动追求女神的能力。

后来，互联网来了。后来，互联网越来越快了。后来，AV 多到自摸用不完了。一次拍摄活动中，我认识了一个中学师弟，比我小十届，面白有须，同事都叫他 AV 小王子，说他一生痴迷 AV。我送了小王子一本我的情色诗集，小王子充满校友友谊地给我拷了 2T 的日本 AV。

时间是身外的流水，
逝者如斯夫，一点不等人。
性欲是体内的流水，水浮万物，
花开鸡鸡大，花谢鸡鸡塌。

我当时正在看《马修·斯卡德探案系列》中的《八百万种死法》，我问小王子：“因为这 2T 的 AV，我会有第八百万零一种死法吗？我会自摸至死吗？”小王子笑笑，反问：“我这不是也没死吗？您更忙，方便的时间比我更少，对吧？”

2T 的海量数据造成了一个意想不到的好处。

有一个 AV 女优像极了我的初恋，我和初恋手拉手走过北京四九城，但是没上过一次床。有一个 AV 女优像极了我的某个女神，我和女神单独吃过几次饭，但是手都没拉过。这些和真人异常相似的 AV，把那些想发生但是没发生的场景补全——反复看，就成了记忆的一部分，比真实还真切、还温暖、还嚣张，更无害、更美好。到最后，我都不能确定，我和初恋，和女神，真的什么都没发生过吗？

后来，小王子告诉我，海量数据还可能造成一个意想不到的坏处：如果某个 AV 女优像极了你某个同事，或者你老板的老婆，你怎么办？

“你怎么办？”

“我删了像我老板老婆的那个 AV 女优的所有片子。”

在纸书里，在啤酒里，在阳光里，在暖气里，
宅着，屌着，无所事事，随梦所之，
嘴里牙缝里似乎有蟑螂屎。

纸书 几床悍妇 几墙书

借着简单文字，魂魄渐渐抽离。周围草木一寸一尺地消失，
时间没有方向感，四处流淌。

对于我们七〇一辈人，纸书是最寻常不过的器物。尽管寻常，每每想起纸书，每每想起一个词：爱恨交加。

因为爱得太深，所以先说说恨。

第一，太沉、太占空间。上医学院的时候住宿舍，睡上下铺，人均不足五平方米。我一直睡上铺，书只能摆在床的一边，我睡另一边。宿舍在东单街口，离灯市口的中国书店以及王府井的商务印书馆、三联书店、外文书店都近，总忍不住往回买书。床本来就不大，为了有足

够空间堆书，一直不敢胖。我下铺睡眠质量差，他说，总担心我的书落下来砸坏他的下体。从美国上学回来，我第一次有了自己的房子，把散放在各处的纸书集中到一起，搬家时装了四十个大纸箱，累得搬家公司的兄弟就地罢工，要求加钱，说，以后接活儿，不能只问有几个冰箱，还要问有几十书箱。把书安顿好之后，我瘫在地中央，环顾四周，心想，妈的，空间还是不够，我还是不能胖。后来换工作，再搬家，往深圳和香港各搬了十个箱子，每个箱子只装一半书，另一半装衣服和被子，好了很多。即使搬了不少书去南方，剩下的书还是让我老哥担心楼板的承重能力。老哥话不多，在网上查了很多天资料，自学了好一阵工程力学，给我发短信，说，楼板会塌。

第二，太招蟑螂。东单协和医院又老又热，病人怕冷，医院常年保持二十好几摄氏度，日子久了，到处是蟑螂。医学院和医院物理相连，我上学那几年就生活在蟑螂中间。床垫子和床单之间，床单和书之间，书和书之间，书页之间，大大小小的空间，大的走大蟑螂，小的走小蟑螂，再小的停放蟑螂卵和蟑螂屎。听说，即使人类灭绝，蟑螂还在；即使地球毁灭，蟑螂也还在。不能战胜，就共处，想通这点之后，我没有杀过一只蟑螂。很多年以后，我下铺说，他胖，疑似睡眠呼吸暂停综合征，尽管当时我的书没砸伤他的下体，但是他睡觉时一定大口呼吸，一定无意识中吃过不少从书里掉下来的蟑螂卵、蟑螂屎、小蟑螂。我说，应该是，你医学院毕业之后，又进哈佛念博士又回北大当教授，顺风顺水，一定和你当时的饮食遭遇有关。协和的蟑螂跟着书去了我第一处房子，没多久，我老妈说，奇怪，楼里不少人都在打听如何消灭蟑螂，咱们左右邻居在楼下晾被子呢，咱们家似乎没见到。我说，这群蟑螂都习惯在书里活动，咱家书多。

第三，太耗草木。过去，写书是有庄严感的事儿，孔子想了想，选择了“述而不作”；现在，写书似乎类似唱卡拉OK，不会汉语的都可以用汉语写作。过去，写书的人多数饱读诗书，决定写了，写的也多数是过去没有的东西；现在，写书的人多数没好好看过几本书，以为写出了爱情和侠义的真谛，结果琼瑶和金庸多年前已经写过了，印好的千万册书已经不能再变回花草树木了。

第四，不能给作者高于 15% 的版税。纸书出版环节多：创作、编辑、装帧设计、印刷、宣传、物流、批发、零售等，成本必然高，再大牌的作者也很难拿到 15% 以上的版税。电子书省略了很多物理环节，基本能给到 50% 以上；亚马逊的自出版能给作者 70% 的版税，只是它们还没有推出中文出版服务。

第五，禁书不能出售。不能出售的原因很简单：犯法。成为禁书的原因很复杂，通常给出的是：经上级机关研究决定。

第六，检索困难，不自带字典。因为检索困难，实在找不到的时候，还得打开电脑上网搜。因为不自带字典，遇上生字和生词常常犯懒或者怕破坏阅读快感，囫囵吞枣，连蒙带猜。

至于爱，那是绵绵不绝，尽管电子书已经越来越先进，还是替代不了。挑主要的说：

第一，拥有感。骑了车，到了书店，掏了钱，买了，我的了！借问人生何所有，几床悍妇几墙书。沉沉的，紧紧的，在自己手上，我的、我的、我的、我的，一瞬间的我执爆棚，真好。放到书架上，不管有生之年会不会真有时间看，我想看的时候就有的看，不离不弃。这种阅读权带来一种奇怪的满足感，类似住处有个游泳池，尽管很少去，内心也清凉。

第二，简单的出离感。打开纸书，不插电，没有任何声光电和视觉设计，借着简单文字，魂魄渐渐抽离。周围草木一寸一尺地消失，时间没有方向感，四处流淌。读者和作者一起坐在屌丝时的夏天夜晚来临之前，怎么吃也不隆起的腹肌，怎么流汗也耗不尽的力气，怎么想念也绝不降临的你。

第三，触觉。双手摸着的不是工业塑料，不是玻璃，不是铝合金，而是纸。摸多了，书页会有滑腻的感觉，从指尖瞬间到心尖，心尖肿胀。我一般看纸书，手上会抓一支笔，随手画线，随手批注；书一般不会叫喊，微笑受着。

第四，礼物感。去一个遥远的书店，挑一本小众的纸书，买了，在扉页上写或不写几个字，下次见到，送给她或者他。这比随手发个电子版到电子邮箱，逼格高很多。

纸书应该最终会让位给电子书，但这是个漫长的过程，至少不会在我们这一代人的有生之年发生，至少不会在我身上发生。

我总是遥想退休生活，其中一个重要环节，就是把第一个住处改做个人图书馆，在纸书里，在啤酒里，在阳光里，在暖气里，宅着，屌着，无所事事，随梦所之，嘴里牙缝里似乎有蟑螂屎。

附录一：Kindle：硬硬的，一直在

开始目睹器物被电子取代的过程。

我 1971 年生于北京。对于这个时间生于这个地方的我来说，老天之外、父母之外，给予我最多的就是纸书了。

早在鸡鸡体会肿胀之前，心已经读到肿胀。早在第一次数百张纸钞之前，手已经翻过千万页纸书。早在第一次喝二锅头烂醉之前，脑子已经烂熟“天子呼来不上船”。早在第一次抱姑娘之前，双手已经捧厚书捧出了腱鞘炎。

1991 年夏天，我第一次用电子邮件；1994 年，我有了自己第一台电

想起书架上五千册
纸书，
还是心满意足，
觉得富过王侯，
富有四海。

脑——开始目睹器物被电子取代的过程。

打麻将、“争上游”渐渐被“沙丘”“红警”取代，手写情书、小条渐渐被电子骚扰邮件取代。不再用钢笔写长篇小说了，改起来太麻烦；不再意淫女神自慰了，太耗真阳（电脑 A 片要简单明快得多）。说黑胶唱片多么性感、说精刻 CD 多么丰富的人，也开始用 iPhone 听贝多芬了；说胶片多么质感的人，也很快看到了乐凯和柯达的倒闭（Leica 和 Hasselblad 也出数码相机了）。我开始担心我心爱的纸书的死亡。

我渐渐发现，纸书的死亡比其他被电子杀死的器物来得缓慢，特别是在中国。

第一，阅读习惯。阅读的主体似乎还是七〇后、八〇后。这两代人，还是读纸书长大的，喜欢纸书里草木的触感和气息。

第二，付费方式。购买电子书无法货到把人民币付给快递员。

第三，该千刀万剐的盗版现象。电子书盗版满世界都是，谁会努力买正版？

可是在 Amazon 出 Kindle Paperwhite 之后，在 iPad 用上 Retina 屏幕之后，我用二者读了几本电子书。我坚信，电子书会在十年内占据阅读相当的比重。

第一，清晰度已不输纸书。
第二，能放一辈子要读的书。
第三，有中英在线字典，不必总是瞎蒙。
第四，比纸版更能保证全本的原汁原味，特别是在中国。

如今，2013 年寒冷异常的春天，我想起书架上五千册纸书，还是心满意足，觉得富过王侯，富有四海。我拎包杀向机场，继续平均每周三座城市的悲催生活，西装内侧口袋里有一片 Kindle Paperwhite，硬硬的，一直在。

附录二：2013年的十本书

所有春天的所有早上，第一件幸福的事儿，是一朵野花告诉我它的名字。

聂鲁达之《一百首爱的十四行诗》：写诗的是大家，译诗的也是好手，但是读了一遍，摄人心魄的不多，印象最深的一句被出版社印到了封面上，“你的肌肤是我用吻建立起来的共和国”。或许最根本的诗意，就是在翻译中丢失的、我无法和你完美解释的、一个顶级诗人也不能在规定时间保证呈现的，或许最根本的诗意，就如同第一千零一种风的味道。

藤木TDC之《日本AV影像史》：解释清楚了一些长期困扰我的疑问，比如，为什么日本AV有的有马赛克、有的没有马赛克，有的马赛克粗大、

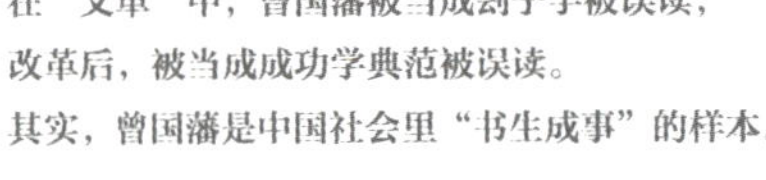

在“文革”中，曾国藩被当成刽子手被误读；
改革后，被当成成功学典范被误读。
其实，曾国藩是中国社会里“书生成事”的样本。

有的马赛克细小？没有解释清楚另外一些长期困扰我的问题，比如，那些眉目姣好的日本 AV 女优都是因为什么投身于这个事业的？日本社会是否真的保持了初唐的混沌民风，看待性事如一箪食、一瓢饮？

冯先铭之《冯先铭谈宋元陶瓷》：宋元高古瓷和商周以前高古玉，是中国古器物审美无可争议的制高点，可以朴拙地优雅，可以不着一字占尽风流。冯先铭是这个领域的大家，尽管没凸显宋元陶瓷的雅拙之气，但是基本的知识要点不偏不失。

曾国藩之《曾国藩言录》：在众多的“曾国藩书籍”中，海南出版社九十年代的这个版本还是我最喜欢的。以《曾文正公嘉言钞》为底子，搜集、整理、归类了很多曾氏家书、奏折、日记中的精华。在“文革”中，曾国藩被当成刽子手被误读；改革后，被当成成功学典范被误读。其实，曾国藩是中国社会里“书生成事”的样本。建议有雄心做些大实事的书生猛读、精读、反复读，比读《论语》受益大很多。

刘立千之《印藏佛教史》：从释迦牟尼在印度创立佛教到小乘、大乘、密宗、藏传佛教，很少有人能用这么短的篇幅说明白。

这本书也没说明白到底不同流派有哪些差异、同一流派的各种仪轨都是什么作用，但是至少说明白了，这些差异的产生无外乎两个原因：

第一，时代的需要。经典式微，外教跋扈，不得不另立新说。第二，众生根器有别。随机设教，权巧立说，根器差的用事续、行续，根器好的用瑜伽续，根器奇佳的用无上瑜伽续。

张枣之《张枣的诗》：今年是第二次翻。好的还是那几首，最好的还是那句“只要想起一生中后悔的事，梅花便落满了南山”，好到解释不清楚为什么觉得好。做个诗人是种生活态度。

作为一个诗人，如果有一句传世，也就够了，比如海子的“面朝大海，春暖花开”，比如冯唐的“春风十里不如你”，从这个意义上，张枣也够了。

司马光之《资治通鉴》：今年是复读，再次手工点赞。如果只能选择读一种古书，读《资治通鉴》好了。尽管史观和史识偶尔有傻逼之处，但是总体史实扎实，繁简得当，摇曳多姿。掩卷太息，狗改不了吃屎，这么多年来，中国人人性的独特之处其实丝毫没有改变。

博尔赫斯之《阿莱夫》：博尔赫斯的短篇都是长篇小说的梗概。我能想象，在他未来众多的来世中，他会慢慢一个个扩写这些梗概，成就众多长篇。尽管我读不到了，我未来众多的来世可以读到。

凯鲁亚克之《在路上》：一点故事都没有，场景经常重复，一点都不色情，但是读起来一点都不想停，看了一遍还想看第二遍。有极个别的小说家，就是能像一流摇滚乐手，在字里行间产生现场感，产生大麻味儿，白纸黑字地让你失魂落魄。

汪劲武之《常见野花》：汪劲武是我最怀念的北大教授。北大学的六门化学基本忘了，协和学的两门解剖基本忘了，课余为了泡湖南、湖北女生痛背的《离骚》基本忘了，但是还记得汪劲武指给我看的北大校园里的明开夜合、碧桃、玉簪。所有春天的所有早上，第一件幸福的事儿，是一朵野花告诉我它的名字。

旧书店
笃定的核

每个伟大的街区都要有家旧书店。

Moe Moskowitz 先生的 Moe’s 书店 1959 年开业，我 1971 年出生。他 1997 年去世，我 1998 年医学院毕业，第一次坐飞机，第一次到美国，第一次到伯克利电报大街 2476 号的 Moe’s 书店，第一次买了一本原版英文旧书。一个月后，我看完了这本劳伦斯的《虹》，第一次意识到人性能有多苦。我猜，这个作家能挖出这么多苦，自己很可能活不长。看了看他的小传，他四十四岁的时候死了。我想，如果我不怕早死，我也能用文字做人性的矿工，看看能挖多深。

2014 年 7 月底，我飞旧金山，在伯克利附近租了个小房子落脚。和伯

什么样的文字
能穿越时间的流水
不停地转世？

我已写的那些文字以及
要写的那些文字和这些文字比，
如何？

克利大学东亚中心教书的好友兰芝吃午饭，兰芝说拐角就是Moe’s，一定要去，我笑说去过多次，那是我最喜欢的旧书店，没有之一。这次，买了几乎拎不动的书，感到幸福，恍惚中觉得和周围几公里陌生的天地草木有了亲密联系，心里踏实了。这批书里有一套《劳伦斯全集》，二百美金，二十册，精装，放满一个小纸箱，挺沉，魂魄不散的样子。如果和劳伦斯死前的体重相比，我不知道，哪个更重。

每次去Moe’s，都忍不住想，这真是一家很棒的旧书店。

第一，营业时间长。早上十点开到晚上十点，每天，全年无休，买书人不必担心节假日溜达过去吃闭门羹。

第二，书多。常年保持二十万种新旧书，堆满四层小楼。

第三，常新。买书人常买，常有新货。

第四，价钱公道。Moe’s也卖也买，坚持收旧书的时候比市场其他人多给一点，卖旧书的时候比市场其他人少要一点。Moe’s 一直坚持 Moskowitz 先生定下的独立旧书店买卖原则：每天，我们买几本书，也可以买整个图书馆，每次买卖，我们都比别人少贪一点。

第五，地点方便。Moe’s 就在伯克利大学南门往南四条街之外，一路破破烂烂的吃的喝的，从来就是伯克利嬉皮士王国的中心。六十年代言论自由运动的圣地人民公园就在一步之遥，嬉皮士们在阳光下草坪上抽烟、睡眠、饮酒、读书、思考人生，偶尔当街撒尿。

第六，摆放精当。在某些巨大的连锁书店，我常常逛两个小时什么都没买。哪怕只有二十分钟，我也能在 Moe’s 买到书。我想买的书似乎总在书架或书台某个显眼的位置冲我招手，不知道 Moe’s 是如何做到的。

我怀疑 Moskowitz 先生总结过一些秘而不宣的规律，然后仔细训练相关人员。如果时间充裕，眼睛自然扫到的陌生书籍，我会拿起来翻翻，看看作者是谁，读读一两页；如果好玩，就买回去细读；读完还觉得好玩，就再到 Moe’s 买齐这个作者的其他书。

我常常想，Moskowitz 先生为什么把这些作者的这些书摆在显眼的位置？什么样的文字能穿越时间的流水不停地转世？我已写的那些文字以及要写的那些文字和这些文字比，如何？如今的人的确读书少了，一方面是时间被太多迷人的 APP 碎片化；另一方面是书太多了，懂得什么是好书的明眼人越来越少，这些越来越少的明眼人里面愿意说实话的更是越来越少。很有可能，Moskowitz 先生才是书评大师，用 Moe’s 书籍摆位表明自己的态度。很遗憾，我生得晚了几年，没机会和他坐下来细聊评价书籍的那条金线是什么。

第七，店员好玩。最近几次去，一楼收银的是一个四十来岁的人，唇上翘着达利标志性的小胡子。第一次交款，他对我说，你眼镜好看。我说，谢谢，金的。他问，日本的吧？我问，你怎么知道的？他说，日本人用金才能不俗气。第二次交款，我问他，为什么四楼的古董书要在四楼单独交款？他说，那个古董部门的负责人觉得在他部门交款形成销售业绩才能让他有特别的荣誉感。我没问四楼的人他说得对不对。我在四楼买过些很冷门的宋瓷书，不便宜，但是很难想象在其他地方能买到。结账的时候，四楼老店员递给我一本李济的英文演讲集《中国古代文明的起源》，我翻了翻，买了。我问，这本书和宋瓷什么关系？他说，龙山有黑陶，商有白陶，李济对白陶下了不少功夫，文化期的陶和宋瓷或许有关系，你或许会感兴趣。

去 Moe's 的次数多了，我好奇，去 Moe's 的网站翻了翻 Moskowitz 先生的简历。他是个好玩的人：年轻时在纽约卖冰激凌，学艺术，总能在世界里找出坚决反对的东西；参加过共产党青年团，但是因为意见太多、嘴太碎被开除；反对“二战”，多次抗议，多次入狱；1960 年卖黄书被抓过，他说他一点没觉得黄；长期争取吸烟者的权利，一直努力把 Moe's 变成一个法规允许随便吸烟的绿洲，一直没得逞。

走在伯克利电报大街上，我想，每个像 Moskowitz 先生一样牛逼的人，都要有个笃定的核，这样在宇宙间才不易被风吹散，仿佛每个伟大的街区都要有家旧书店。

人籁

耳朵听了会怀孕

和其他领域一样，诗歌似乎也有个若隐若现的江湖，
二三十个名字总在那里低空飞行，嗡嗡作响，
他们完全忽略我的诗歌已经开始被时间写在楼盘上、大地上、人民心海的水波上。

我最初知道杨晨是因为他朗读我写的诗歌，放到微博和微信上流转。有朋友 @ 我，说有个美好的声音经常读你的诗歌。我原来知道的那个杨晨是踢足球的帅小伙儿，后来不知道干吗去了。我听了他读的诗歌，声音真好听啊，形容不出来，就是好听，而且似乎不是科班出身，没有央视腔、央广腔，没有发啥声音都不走心的电子感和金属感。朋友补充说，杨晨的声音在妇女中很受欢迎，多听之后，耳朵会怀孕。我想起少年时代读到的《圣经》故事，传说圣母玛利亚生下耶稣的时候还是处女，她就是通过耳朵怀上的。在协和学人体解剖的时候，讲到

整个剧场里就杨晨一个人，
他的人声读我的诗。
不理庙堂，不理江湖。

耳朵的结构，我学得特别仔细，脑子里全是圣母玛利亚的传说。学到最后，还是觉得传说缺乏科学性，在人体结构上实在解释不通，自己安慰自己，宇宙间大多数现象超越人类的知识范围，不可解释的例子比比皆是，比如人骨骼为啥是206块骨头，比如我爱你你为什么不爱我。

其实，我还惊诧于杨晨为什么会喜欢我的诗歌。作为超简诗派创始人，自从出版《冯唐诗百首》以来，我一直不被诗歌的庙堂认可。我喜欢的诗人顾城、海子、张枣，都在一个叫《蓝星诗库》的丛书里出版了选集，选集的责任编辑叫王晓，长得像孙悟空，人可好了。有一次饭桌上我问王晓，我为什么不能在《蓝星诗库》里出诗歌选集。王晓憋了半天也没直抒胸臆，没说我的诗歌和他的审美相左，他红着脸说，冯唐，你再写写。我也不被诗歌的江湖认可。和其他领域一样，诗歌似乎也有个若隐若现的江湖，二三十个名字总在那里低空飞行，嗡嗡作响，他们完全忽略我的诗歌已经开始被时间写在楼盘上、大地上、人民心海的水波上。

回到诗歌交流的
本来面目，
简单的声音吟诵简单
的诗歌，
简单地给愿意的
人听。

我没和杨晨探讨他为什么喜欢朗读我的诗歌。被不被认可这件事，更多应该留给更大尺度的时间和更多的人心。等人类文字史长到几万年，长到《诗经》《唐诗三百首》《朦胧诗选》都被归为上古诗歌，那时候再看，不迟。

后来，我听了他更多声音，读诗的、读散文的，我想起更多其他的简单的、刻骨的、不可言说的声音。

初夏。院子里海棠花早就落尽，海棠树叶也基本是一个色调的绿，天刚刚亮，三四种不同的鸟开始在枝叶间鸣叫。人被梦魇压着，分不清鸟叫声的公母、老幼、喜乐。似乎知道人被梦魇压着，鸟起落、摇摆，让枝叶发出比鸣叫更大的声音，帮人赶走梦魇。人醒了，又是一天，又赚了，但是四周无声，鸟都哪里去了？

盛夏。中午喝了一点点酒，看了点旧书，背了几首晚唐诗，睡着前，听见蝉在几乎所有的空间里用一个腔调鸣叫，时间流逝，毫无变化，一刻不停，“为了那些细小的需要，从没说要，从不明了，总想忘掉”。过了一些时候，人被蝉声吵醒，还是那个腔调，一刻不停，不听就似乎没有，一听就烦躁得不行。

晚秋。地铁口，一个卖唱的小伙子刚刚弹完一支曲子，进出地铁的人流脚步把落在地面上的音符一个个踩爆，彩蛋一样，很快就一个不剩了。

隆冬。两个人在湖面上走，一句话不说，手也是紧缩进自己的口袋里保暖。冰面发出巨大的声音，不知道是因为分开还是因为聚合还是冰面下有个无名的史前巨兽挣扎着要出来。

暮春。放假或者逃课的下午，坐在马路牙子上，太阳将落，一本小说在眼前从银白变到金黄。风把杨树一半的叶子翻过来，毛茸茸的，金白耀眼，沙沙作响。风把街上早早穿起裙子的姑娘变成一面面旌旗，身子是旗杆，裙子是旗，猎猎作响。

那次我俩第一次见面，杨晨说，能不能一起合作搞点新鲜的玩意儿？我又想起了那些简单的、刻骨的、不可言说的声音。他的人声也是这些声音的一种。只要至纯至净，人籁也是天籁的一部分。我建议做个从来没有过的演出，就叫《人籁》。整个剧场里就杨晨一个人，他的人声读我的诗。不理庙堂，不理江湖，回到诗歌交流的本来面目，简单的声音吟诵简单的诗歌，简单地给愿意听的人听。其他什么都没有，就像在春秋战国，战乱间歇的田头；就像在晚唐，野渡无人的船头。我还建议，就着这个《人籁》再出一张 CD，就叫《吟诗》，放在车载 CD 机里。夜里开车回住处，上楼之前，一个人没头没尾地听十来分钟，再上楼。

在秋天吟诗吧。

摄影 吕海强 @微信公号：LHQPHOTO

第二品

鼻·舌之器

屙屎送尿，着衣吃饭，困来即卧。
愚人笑我，智乃知焉。
——临济义玄禅师

人生苦短，
不如不管，
继续任性。
——冯唐

鼻毛剪

鼻毛丰满，飘飘进京

鼻毛也不是全无是处。北京的空气越来越差，戴口罩，特别是 N95 之类的重型口罩，有装逼和贪生怕死之嫌。

时间在床边和鬓边一路小跑，有些事物在不知不觉中浅吟低唱，明生暗长。其中，可心的是：水仙花，春茶，柳梢，十来岁的鸡鸡，初相见的爱情；闹心的是：皱纹，肚腩，袜子上的洞，新手机上的划痕，长期不沟通产生的怨恨，还有，鼻毛。

有些观念，随着地域、人种、文化的不同而不同。比如，脚崴了之后，是热敷还是冷敷？背后或许没有正经的科学依据，只是谁的外婆或者奶奶是如何认为的。比如，清酒和啤酒应该冷喝、常温喝，还是热喝？基本也是随人所喜。

时间在床边和鬓边一路小跑，
有些事物在不知不觉中浅吟低唱，
明生暗长。

我去美国上商学院之前，屌丝理工男，没坐过飞机，没穿过西装，商业上如何穿戴是在美国学的，比如先穿一件白 T-shirt 再穿西装衬衫。回国后，和穿秋裤一起，我的白 T-shirt 曾经不止一次被人笑话。可是，在炎热的夏天，在空调并不好使的会议室，看着对面因为出汗过多而乳头在衬衫下明确可见的人，我觉得我的白 T-shirt 没那么难看。经过漫长的时间，大家渐渐接受了拉菲不要兑雪碧喝之后，我不止一次地被指出，拿红酒杯应该优雅地只用手指捏住杯柱，不应一把抓住杯体。但是在意大利，我看到几个久富之人，手掌坦然抓着杯体。

对于这些不同的观念，老话儿依旧适用：入乡随俗。不懂的地方，问；没处问或者不方便问，看。这样做的好处是，不容易露怯。这样做的坏处是，容易形成成见，认定这种做法就是最正确的做法，其他变种都是土鳖。

但是，有些观念，全球惊人一致，比如，鼻毛是露得越少越好，最好少到从正面看不到。和穿白袜子配黑皮鞋、西装袖子上商标不剪相比，鼻毛暴露更恶心一点。在会议室里，如果坐在会议桌对面的某位，鼻毛弯弯，长过睫毛，嘴说一句，鼻毛翘一翘，人的注意力就很难集中在会议议题上了。

令人欣慰的是，鼻毛长得比较慢，个别长了一些，短时间内还可以掩盖：往上、往里塞进鼻孔。这些个别长的鼻毛，还可以用手指捏住，生拔，但是挺痛。而且，一旦个别的鼻毛已经长到要拔，其他的也很快要长出鼻孔，拔不尽了。尽管长得慢，对于长期在路上出差的人，还是随身带些修剪鼻毛的工具比较好。比如，不锈钢小剪刀，特别是眼科剪，好用。缺点是非常锋利，喝多了或者不小心，鼻毛没剪断，鼻翼倒是被剪开；还有就是不能带上飞机，必须托运。第二个选择是电动鼻毛刀，好些出小家电的品牌都出此类产品。缺点是体积大，而且往往是电池驱动，万一没电，就是废物。我喜欢的终极神器是双立人牌的手动鼻毛剪，精钢制成，橡皮擦大小，不插电，没有明刃，可以带上飞机，跟在身边，能用一辈子。

鼻毛也不是全无是处。北京的空气越来越差，戴口罩，特别是 N95 之类的重型口罩，有装逼和贪生怕死之嫌。

过去迷信说法，正月不剃头，剃头死舅舅。似乎挺灵验，我正月从不剃头，舅舅奔九十了，还活着。现在科学说法，冬天不剪鼻毛，剪了死肺泡。不知道有没有大样本随机双盲证据。宁信其有。

不戴口罩，捂着秋裤，丰满着不露在鼻孔外的鼻毛，来，我们进京去。

天目盏
为什么曜变都在日本

从一只盏里能看到整个宇宙的真相，这真相美得让人流泪。

2013 年，我刚刚接触宋瓷，很快觉得比元明青花、清斗彩等更对自己口味。粗看其貌不扬、不声不响，细看细节极其讲究，温润恬适、随心所欲而尺度庄严，终生难忘。宋瓷中，官窑、汝窑、哥窑的真品，少到和自己没关系；定窑太纤细，不敢拿来用；耀州窑偏繁复，看多了眼晕；龙泉窑偏文艺，我不想太加重我的文艺腔。

喜欢钧窑，云在青天水在瓶，很小的一个手把缸，看久一点，整个人能进去：接近于透明的蓝，一会儿如青天，一会儿如湖水，没有两处

是完全一样；和青天、湖水一样，看似均质平静，其实处处不同。不同深浅的蓝、偶尔的不同色调的红、边缘的金黄、不均匀的气孔和开裂，云涌水动，怪兽灵鸟。

更喜欢建窑，低调到不起眼的黑褐色釉，肥厚到保暖的铁陶土胎，凸凹到正好双手捧起凑嘴的斗笠盏形，比钧窑更规整、更寂静、更闷骚。千年前的建盏，消消毒、去去土、煮一煮，侍弄一阵，完全可以在千年之后用来喝茶，稍稍使使，有类似古玉的宝光隐隐流动。

建盏在宋代被誉为天下第一茶盏，通过浙江天目山一带流传到日本，被称为唐物天目盏，历朝历代奉为饮茶神器。

神器中的神器是曜变天目盏，世间完整器只有三只，分别藏于日本静嘉堂文库美术馆、日本龙光院、日本藤田美术馆。成书于日本永正八年（1511 年）的《君台观左右帐记》记载："曜变，建盏之无上神品，乃世上罕见之物，其地黑，有小而薄之星斑，围绕之玉白色晕，美如织锦，万匹之物也。”我国的记载就又习惯性地加了很多神鬼成分和处女情怀，明万历间（1573—1619 年）谢肇淛写的《五杂俎》说：“传闻初开窑时，必用童男女各一人，活取其血祭之，故精气所结，凝为怪耳。近来禁，不用人祭，故无复曜变。”

用理科的语言总结这三只曜变天目盏的共同特点就是：建盏的釉面薄膜层呈现蓝紫色光彩，曜变的光学原理是薄膜干涉。用文科的语言总结就是：如锦缎、如孔雀翎、如雨水中的油滴、如珍珠贝母、如后脑被打闷棍后眼中所见、如夜晚浩瀚的星空，从一只盏里能看到整个宇宙的真相，这真相美得让人流泪。

写到这里，大问题来了：我国是建窑的原产地，宋朝从皇帝往下举国爱茶爱茶盏，为什么三只曜变天目盏全在日本，我国未见任何传世品和出土件？

2015 年 8 月初的烟台反常地闷热多雨。下了雨，海水更脏，人下海游一小时就会成绿毛水怪。下海不成，我在屋子里看雨、喝酒、闷睡，连续做了三个和曜变天目盏相关的梦。

大宋建阳水吉镇的大窑主吴雪哲正在睡午觉，被老窑工郑尚生拼命摇醒：“开窑了，出神器了，我烧了一辈子都没见过。”摆在吴雪哲面前的这只盏规整端庄，从外形看和其他高等级的建盏并无太大不同，但是在午后的阳光下，盏内壁呈现贝壳内壁贝母般的幻彩光芒。“我也没见过，我也没听祖辈儿说过。”

“最近的柴火好，温度比以前似乎高了一些，头儿，我们发达了！我们把它献给国家。”吴雪哲想了想，脸上的笑容在瞬间僵住：“发达个屁！我差点被你害了！献给国家？皇上的确会赏赐，但是，他如果让咱再做十只，咱能做出来吗？”

“一只也不一定能做出。但是我可以试试二次上釉，二次窑烧。”

“皇上身边的混蛋们就会说，不管，必须做出来，哪怕血祭窑神！我就拿你妈、你老婆、你妹、你闺女血祭！从童女开始。我差点被你害死了，我们全村差点被你害死了。你快把这个盏装上最远的大货船，当成差等品，和其他窑的差等品混在一起，发到最远处。别闹小聪明，把盏砸了，埋在村头，残片万一流出来，官府知道了，逼着我烧整器，我先烧了你。”

大宋皇祐三年（1051 年），福建路转运使蔡襄坐在书案前，心绪不宁。开心的是，他监造的小龙团茶被皇上大夸，“所进上品龙茶最为精好”。不开心的是，一帮欧阳修之类的名士，在江湖上说他，作为一个士人，怎么能做这种媚上的事儿。蔡襄想了想，人又不是黄金，怎么能让所有人都喜欢？任何事做到顶尖，都是政治，都会被人妒忌；即使是黄金，也会被某些人说成是臭狗屎。人生苦短，不如不管，继续任性。蔡襄索性展开笔墨纸砚，开始给皇上写一篇言简意赅、涉及饮茶方方面面的千字文：《茶录》，上篇论茶，下篇论茶器。谈茶器难免涉及茶盏，最近街头传闻，建盏有了些极少见的窑变新品种，美艳近妖。蔡襄按捺住心里不断涌起的好奇心，不去查访实物，在宣纸上写道：“茶色白，宜黑盏。建安所造者，绀黑，纹如兔毫，其坯微厚，熁之久热难冷，最为要用。出它处者，或薄或色紫，皆不及也。其青白盏，斗试家自不用。”蔡襄丝毫没提及传说中的窑变。他三十九岁了，在系统内为官也这么久了，这点事儿还是想得明白的。如果推崇数量极少的孤品而不是主流一等品，价值和价格体系无法健全，赝品、仿品必然蜂拥而至，长久看，必然严重损害当地经济。至于兔毫盏的高下如何定，留给爱思考的皇上锦上添花吧。皇上一添花，兔毫建盏天下第一就成了定论，他这篇不足千字的文章就成了千古文章。嘿嘿。

约五十年后，顺着蔡襄在《茶录》中的说法，宋徽宗赵佶在《大观茶论》中写道：“盏色贵青黑，玉毫条达者为上。”

大宋嘉熙二年（1238 年），天目山明空院迎来了又一批日本国来学习禅宗的僧人，住持昙印大和尚让人准备了一些极简单的生活必需品：

僧衣、钵、盏。这些从库房深处翻出来的器物极其粗糙，因为来的僧人太多，器物不够用，几代人不喜用的东西都被翻出来凑数。轮到最后一位，其实已经没的可选，一只建盏剩在箩筐里，釉色和“兔毫”迥异，和古拙幽玄的当下审美差异巨大，这个日本僧人也毫无办法。

喝完茶，静观这只盏，他清晰地看到了家乡海边无比浩瀚的星空。他心里说，一杯子，一辈子，一定要把它带回家乡去。

2015 年 8 月初的一天，对着渤海和黄海的交界，仔细琢磨这三个梦和人性，我想我知道了为什么曜变天目盏都到日本去了。

日本铁壶

我和伟大茶人之间的区别

的确有好茶，骨秀肉俊，十几泡、二十几泡之后，还是迷死人不偿命，就像姑娘和姑娘还是有区别。

从我记事起，老爸就茶不离手。春夏秋冬，一杯茶水，大半杯茉莉花茶叶。从我断奶开始，只要我在家，老爸就也给我弄一杯，一杯茶水，大半杯茉莉花茶叶。喝习惯了，再喝白水就没味儿了，偶尔还有土腥味儿、消毒剂味儿、碱味儿、化工品味儿等白水不该有的味儿，所以只要在家，就再也不喝白水了。

除了味道之外，另一个喝茶的原因是驱困。生于七十年代，成长过程中很少娱乐，没有互联网，很少电影和杂志，电视比现在的还傻，好人神一样好，特务猪一样笨。认识上千个汉字之后，读书成为最大的

电壶烧水和铁壶烧水的区别，
就仿佛泡方便面和煮方便面的区别、
干花和鲜花的区别、
四十八岁和十八岁女生的区别……

杀时间方式。我有张小床，堆满书，我瘦，只占比床框多一掌宽的空间。不睡的时候，搬个板凳，且坐读书，床就是桌子。

我从小睡觉有犯罪感，既然死了的人都没睡醒过，活着时候睡觉就是很吃亏的一件事。一辈子两万天，那么多的书还没读完，有什么资格睡觉？有浓茶帮忙，我睡得比小伙伴们少很多。即使浓茶也顶不住，昏然睡去，也常常有梦，梦见书里的内容，甚至想明白了睡前不甚了了的地方，感觉赚了，于是欢喜。

书里梦里多年以后，发现世界上的茶不只茉莉花茶，还有绿茶、白茶、岩茶、红茶、黑茶、普洱茶等。这些大类里还有很多小类，这些小类里还有很多产地，这些众多的品种还因为年景、采摘时间、制作人、制作技术等的不同而产生无数的茶品。有些号称伟大的茶人号称能品出细如毫发的区别，比如这个坑的肉桂今年多了一点橘子味儿，因为今年坑边多种了几棵橘子树；那个山的单枞今年多了一点猪屎香，因为今年山村多养了几圈猪。像我这样喝超浓茉莉花茶长大的，没这样玄妙的分辨能力，但是被泡了几次牛栏坑肉桂和鸭屎香凤凰单枞之后，还是起了分辨之心。的确有好茶，骨秀肉俊，十几泡、二十几泡之后，还是迷死人不偿命，就像姑娘和姑娘还是有区别——的确有尤物，眼媚腿妖；班花、校花十几二十几年之后，还是颠倒方圆几十里苍生。

然后，疑问就出现了，同样的肉桂和单枞，为什么我自己泡就没那么好喝？

泡茶的水？不是。都用农夫山泉、五台山泉等国产矿泉水啊。如今的中国，地底下随便打上来的水，谁敢喝？如今的华北，地面上随便流的水，谁敢喝？如今的北京，北海琼岛承露盘上的露水、去年西山杏树上的雪水，谁敢喝？

泡茶的姿势？可疑。的确，有些男人泡茶仿佛打形意拳，有些女人泡茶仿佛跳孔雀舞，但是，还是注水的角度和出汤的时间比这些肢体动作重要吧？

喝茶的杯子？不是。的确，杯子的器形、纹饰、胎、釉、彩都影响茶汤的口感，但是我用的是北宋建窑兔毫盏啊。

泡茶人的人品？不是。我写书救心、悬壶济世，书有未曾经我读，事无不可对人言。说我人品不好的，全家人品不好。

仔细观察之后，发现每个号称大师的茶人都有一个我没有的东西：日本铁壶。我逼着友人转让了一把老铁壶给我，器形古拙浑憨，外表铁黑沉沉，内面锈红斑斑；黄铜盖，内侧刻“龙文堂造”；南瓜纽，提梁如虹，提梁上错银的花草、蔬果。

日本铁壶烧水，水开得很慢。水开后，一样的我，泡一样的肉桂和单枞，唉，终于有了类似伟大茶人泡出的味道。

电壶烧水和铁壶烧水的区别，就仿佛泡方便面和煮方便面的区别、干花和鲜花的区别、四十八岁和十八岁女生的区别、恶性肿瘤和良性肿瘤的区别、暧昧和爱情的区别、风扇和空调的区别、福华肥牛和神户肥牛的区别、有码 AV 和无码 AV 的区别。

我和伟大茶人之间最大的区别原来是一把日本铁壶。

茉莉花茶

茶缸在右手一臂之遥

因为喝惯了茉莉花茶，青春期刚开始的时候，刚刚体会男女，
喜欢的女生也都是茉莉花一样，爱穿青绿裙子、白汗衫，适应北方，不爱热闹，不停闷骚。

老爸在印尼长到十八岁。五十年代，印尼排华，杀人如麻，我爷爷想死在广东老家，我老爸带着一堆葫芦娃一样的七八个弟弟妹妹回国。因为从小养成的习惯，老爸爱喝咖啡，加很多糖，加很多炼乳。自己喝美了，也让我们喝，希望我们也感觉咖啡很美。

那时，我哥正忙着在街头打架闹革命泡姑娘，觉得喝咖啡是资本主义腐朽的东西，非常不酷，坚决不喝；我姐喝了上嘴唇开始长胡须，我喝了牙床肿胀。老爸也不劝我们喝了，自己默默地喝着加了很多糖和

二三十年下来，我渐渐形成了习惯，
无论四季、地域，接过一杯热热的茉莉花茶，
喝一口，沉一晌，
气定神闲——准备好了，
可以开始消化一切傻逼和混蛋了。
茶缸在右手一臂之遥。

炼乳的咖啡，一边美着，一边眼睛汪汪地望着遥远的南方。

后来，老爸也不太喝咖啡了。他说很难买到好的咖啡豆，炼乳都快全部停产了，自己磨咖啡豆、煮咖啡，太麻烦。老爸开始转喝茉莉花茶，北京到处买得到。他茶喝得很酽，一个大茶缸子，大半杯茶叶，一大杯水，茶水浓到看不到杯子里的茶叶。从早到晚，春夏秋冬，老爸热茶不离身，大茶缸子总在右手的一臂之遥。水喝光再续，续了三四次之后，换新茶叶，再添水。茶叶渣子也不扔，堆在朝阳的屋角晒干，积攒半年就够装填一个不大不小的枕头。午睡枕着，梦见床脚盛开茉莉花。

我开始跟着老爸喝茉莉花茶。他的茶太酽，他总是单给我找一个小一号的杯子，从他的大茶杯中倒出一口茶，再添很多水，茶汤的颜色还是很深。我喝一口，一股茉莉花味儿伴着浓重的苦味，脑子一清，眼睛一明，又欢天喜地读闲书去了。

参加工作之后，我开始到处跑，居无定所，很少回家。即使回家，也

是仅仅和父母打个招呼，然后就回自己屋子忙着开电话会、杀邮件、批文件、会朋友、写文章、补觉儿。每次回家，无论四季，无论地域，老爸也没话，用他的大茶缸子帮我勾兑一杯稍淡的茉莉花茶，放我手里，算是告诉我，他知道我回来了，然后走开，让我肆意忙我的事情。到了他换大茶缸子茶叶的时候，再走过来，帮我也换新茶。

二三十年下来，我渐渐形成了习惯，无论四季、地域，接过一杯热热的茉莉花茶，喝一口，沉一晌，气定神闲——准备好了，可以开始消化一切傻逼和混蛋了。

因为工作，多数的时候，有家不能回，有父母不能见，一年大部分的时间，吃在飞机上，睡在酒店的床上。实在心浮气躁的时候，把客房门挂上“请勿打扰”，把手机放静音，电热壶随便烧水，酒店茶杯随便泡，给自己一杯茉莉花茶，就算老爸放我手里一杯他勾兑的茶，就算很短地回家待了待。一阵恍惚之后，又可以坚忍耐烦，面对傻逼和混蛋了。

唐人牛希济写过一首《生查子》：“记得绿罗裙，处处怜芳草。”我的人生体验是反的：因为喝惯了茉莉花茶，青春期刚开始的时候，刚刚体会男女，喜欢的女生也都是茉莉花一样，爱穿青绿裙子、白汗衫，适应北方，不爱热闹，不停闷骚。

写过一首《初恋》：

白白的

小小的

紧紧的

香香的

佛说第一次触摸最接近佛

和诗歌无关，一个实用生活技巧是：去一个陌生的餐厅，尤其是高档餐厅，想喝茶的时候，一定不要点宫廷普洱、宫廷水仙、宫廷肉桂、宫廷大红袍、宫廷铁观音、宫廷龙井、宫廷毛尖、宫廷六安瓜片，最稳妥的是点壶茉莉花茶。广东也叫香片。

小时候的北京冬天火炉

每到冷天，每到夜晚，每到想喝口小酒，
我每每闭着眼听到老爸像老猫一样爬起来，去照看那早已经不存在了的炉火。

有时候，人会因为一两个微不足道的美好，暗暗渴望一个巨大的负面，比如因为想有机会用一下图案撩骚的 Zippo 打火机而渴望抽烟，比如因为一把好乳或者一头长发而舍不得一个三观凌乱的悍妇，比如因为一个火炉而期待北京一个漫长而寒冷的冬天。

我怕冷，我把我怕冷的原因归结于我从父亲那边遗传的基因。老爸生在印尼，长到十八岁才回国，十八岁前没穿过长裤，更别说秋裤了。北京夏天最热的时候，老爸带我去龙潭湖游野泳。我下水没几分钟，

北京的冬天漫长而寒冷，
每个人穿着同一个颜色和式样的衣服。

上来，面朝下最大面积地平摊在水泥湖岸，后背最大面积地接受阳光，两瓣小屁股还是冷得筛糠一样颤抖，仿佛一条刚从湖里打上来的大鱼。

记忆里，北京的冬天漫长而寒冷，每个人穿着同一个颜色和式样的衣服，像是一个个丑陋的柜子在街上被搬来搬去，树枝里面包着的春花和女人衣服里包着的奶光似乎永远不绽放。漫长的冬天里，唯一的喜庆颜色是“两白一黑”。“一白”是白菜，北京冬天的主菜，通常的习惯是买半屋子，吃整整一个冬天，醋熘、清炒、乱炖、包饺子、包包子、包馅饼，百千万种变化，不变的是白菜还是白菜。另“一白”是白薯，北京冬天唯一的甜点，买两麻袋，吃整整一个冬天。“一黑”是蜂窝煤，堆在门前院后，那时候北京大面积的没有市政供暖，整整一个冬天的温暖、得意就靠它了。

我常常因为烧蜂窝煤的火炉而想念那时候北京的冬天。

伺候火炉是个有一定技术含量的活儿，这个技艺由老爸掌握。炉子安放到屋子一个角落，烟囱先向房顶再向一面墙蜿蜒而过，最终探出屋外。烟囱在屋外的一段要安个罩子，防雪防尘。烟囱在屋里的一段要逐节密封好，否则一觉醒来，一家已经在天堂。为了伺候炉火，老爸自制了很多钢铁工具，夹煤的、捅煤的、掏灰的、钩火炉盖儿的。其中捅煤的钎子常常被我们拿去滑冰车用，总丢，老爸总是多做几根放着备用。蜂窝煤似乎有两种：一种是主流，数量多，含煤少；一种数量少，含煤多，贵，用来引火——先放在煤气炉子上烧着，然后放进火炉最低层，最后再放上普通蜂窝煤。蜂窝煤烧尽，要从下面捅碎，煤灰随重力落到炉底，用煤铲掏走，再从炉子上面加一块新煤。

最考技术的时候，是临睡前封炉子。留多大进气口是个手艺，留大了，封的煤前半夜就被烧没了，下半夜全家被冻醒；留小了，不热，一夜全家受冻。加上蜂窝煤的煤质不稳定，留多少更难控制。老爸的解决办法是半夜起来一次。我睡觉轻，常常听见他摸黑穿拖鞋声、因为长期吸烟的几声暗咳声、吐一口痰声、喝一口水声、铁钩子拉开炉盖儿声、铁钩子合上炉盖儿声、撒尿声、脱鞋再上床声。

我对于伺候火炉的兴趣不大，但是对于炉火的兴趣很大。炉火当然能烤火，而且炉火比空调好很多，不硬吹热风，而是慢慢做热交换和热辐射，暖得非常柔和。从脆冷的屋外进来，把千斤厚的棉衣一脱，一屁股坐在炉火旁边的马扎上，面对炉火，像拥抱一个终于有机会可以拥抱的女神一样，伸出双臂，敞开胸怀，但是又不能也不敢抱紧——哪怕不抱紧，很快身心也感到非常温暖。然后，倒转身，挺直腰板，让炉火女神再温暖自己的后背、后腿和屁股。

炉火还能烤食物，白薯、汤、粥、馒头片。晚上看书累了、饿了，贴炉壁一面的烤白薯和烤好的抹上酱豆腐的馒头片，都是人间美味，胜过天上无数。遇到周末，改善生活，放上一口薄铝锅，炉火还能来做火锅。火锅神奇的地方是，已经吃得不能再烦的白菜、酸菜、豆腐、土豆，放到里面，几个沉浮，忽然变得好吃得认不出来了，围坐在周围的家人也开始和平时不一样了。老妈转身去橱柜拿酒；老姐望着炉火，眼神飘忽；老哥热得撩起裤子、撩起秋裤，腿毛飘忽；老爸开始小声哼唱十八岁前学会的歌曲。窗外天全黑了，借着路灯光，看到小雪，在窗子的范围里，一会儿左飘，一会儿右飘。

后来，住处有了市政集中供暖，老爸还是习惯性半夜起来一次，我睡觉轻，还是听见他摸黑穿拖鞋声、因为长期吸烟的几声暗咳声、吐一口痰声、喝一口水声、撒尿声、脱鞋再上床声。我背诵最早和最熟的唐诗之一是白居易的《问刘十九》：“绿蚁新醅酒，红泥小火炉。晚来天欲雪，能饮一杯无？”老爸天生酒精过敏，滴酒不沾。但是每到冷天，每到夜晚，每到想喝口小酒，我每每闭着眼听到老爸像老猫一样爬起来，去照看那早已经不存在了的炉火。

酒庄

后半生靠谱与不靠谱的事儿

一辈子都有和朋友喝酒的地儿了，而且是很美好很僻静的地儿。
有山，有水，有树，有竹，有天，有月，有四季，有葡萄，有果实和花朵。

我在繁体版《素女经》中给田小明安排的结局是：发疯了，跳楼了，成活佛了，在他自制的机器上自摸至死了。我在简体版《素女经》中给田小明安排了其他结局，比繁体版的光明很多。

最近现实中几个朋友，创立或者参与创立的公司都上市了，也都到了四十多岁，摇晃在生命的中点，往回看，经历了很多，往前看，不知道再干点什么。田小明如果没死，上市得了钱，他会干点什么？

其实，这不是一个特别容易回答的问题。到了这个时候、这个阶段，

脱离长期背在身上的人的羁绊，
让身体里的禽兽和仙人在山林里和酒里渐渐增加比例，
裸泳、裸奔，
在池塘里带着猴子捞月亮，
在山顶问神仙：人到底是个什么东西？

生活必需品和老婆都有了，西装八九套、牛仔裤六七条了。

在国内买个大大的度假房？

且不提地下水、空气、食品、交通，此事放在众人眼里，本身就招惹仇恨。一个朋友，学理科的，和田小明一样，总被别人说成理科猥琐屌丝男，没文化没品位。公司上市后，去美国玩，看到一张中国古代山水画，山峰峭拔，草竹掩映，拿手机拍了下来，回国后和设计公司说，就照这个样子找座山，做个有文化有品位的房子。这个朋友的现实版巨然“溪山兰若图”还没完工，人就被税务局找去谈话了。

买个明代成化斗彩鸡缸杯？

且不说是不是买了个当代的仿作，且不论是不是拿来喝茶、喝酒好喝，本身就难免被看客怀疑洗钱、行贿。

娶个学舞蹈或者艺术的年纪小很多的女同学？

这个方法倒是去钱快，如果不合适分了，家财去一半。但是，且不说你叫比你小的男人为岳父是否尴尬，且不说你身体是否吃得消，且不说你们三观是否相同，年纪差距造成的背景知识差距就能耗去你所剩不多的生命。剩下的不到一万天里，你不会想花三千天和她解释：我和你说啊，阿童木是一个日本动画片，他有十万马力和七大神力；我和你说啊，宫泽理惠比苍井空出生早很多，那时候视频还很少很少，以照片为主；我和你说啊，《大西洋底来的人》是个曾经很流行的电视剧，里面有个坏蛋舒拔博士曾经穷到只剩一个鸡蛋。

有几个面临类似问题的朋友，经过典型的理科生分析之后，想起后半生最不靠谱的事儿，结论是：最靠谱的还是买个酒庄。

好处很明显。

第一，一辈子都有酒喝了，保质、保量。

孩子出生那年，多留几十箱酒，每次他们生日，都喝他们的年份酒。

第二，一辈子都有和朋友喝酒的地儿了，而且是很美好很僻静的地儿。

有山，有水，有树，有竹，有天，有月，有四季，有葡萄，有果实和花朵；喝多了再也不用代驾，再也不用滴滴打车深情呼唤计程车，再也不用担心回去一身酒气被老婆孩子深深鄙视，就在酒庄睡下。酒庄的地方大，好几个卧房，还有客厅沙发，还有花前树下。

第三，终于远离楼群，有了自己的山林。

脱离长期背在身上的人的羁绊，让身体里的禽兽和仙人在山林里和酒里渐渐增加比例，裸泳、裸奔，在池塘里带着猴子捞月亮，在山顶问神仙：人到底是个什么东西？

第四，终于有了自己的含了土地的大房子。

想起后半生最不靠谱的事儿，
结论是：最靠谱的还是买个酒庄。

活着的时候，全家聚齐了，每人一间，都住得下；死了之后，这个酒庄，房子还有土地，都会按照遗嘱交给另一个亲人。

其实，细细想，坏处也不是没有。

第一，一辈子没多长，一辈子喝不了多少酒。

人只剩下半辈子了，就算下半辈子每天都喝一瓶酒，也就能喝七八千瓶——一箱十二瓶，也就是六七百箱酒，也就是一个小酒庄一年的产量。另外，下半辈子这几千天，只想喝自己家这一款酒吗？

第二，酒庄距离大都市有点距离，朋友也不都是闲散人员，一辈子能在酒庄聚齐几次？酒友在大城市都想换着地儿喝，不会一辈子只想在你的酒庄里喝你的红酒就西红柿炒鸡蛋吧？

第三，山林本来属于禽兽，特别是夜晚。

去过 Napa 一个酒庄，几乎在山尖上。庄主说，晚上就留给野兽吧，别单独出门，附近有鹿、有狼、有野猪、有熊，不信你看围着葡萄的铁丝网都被撞坏好些处，总在补。

第四，细想想，下半生，全家人能聚齐几次？如果你以为有很多次，那就想想过去十年，你们全家聚齐了几次？说到土地归你，死后踏实，可是死后的事儿，和你关系就不大了。留给亲人，谁知道亲人会如何处理？

还有一件麻烦的事儿是，投资回报上不容易算过账来。

假设你一直持有而不转手卖出，假设你不是大明星不能把原来二十欧元一瓶的酒借着名声卖到两百欧元一瓶，投资酒庄的投资回报能和资金成本打平就算不易。

当然，如果说天大理比不过“我喜欢”，如果还有移民等酒庄之外的考虑，如果是了结一生夙愿，请继续。否则，我可以再找个时间，讲讲钱的其他更好的用途，比如开个医院，比如建个一流的书院或者大学，比如修个巨大的数字图书馆，比如设立一个比诺贝尔奖奖金更高的文学奖，等等。

摄影 吕海强 @ 微信公号：LHQPHOTO

第三品

身之器

万里无寸草，
迥迥绝烟霞。
历劫常如是，
何烦更出家？
——雪峰义存禅师

涉及终极的事儿，
听天，
听命。
让自己和身体尽人力。
——冯唐

玉

君子无故，玉不去身

我就不懂了，为什么啊？
为什么能为珠宝干出这么多坏事啊？

因为工作关系，经常飞很多城市，短期停留，完事儿就走。早期的时候，使蛮力，机场、酒店、会场，三点一线，心无旁骛，只是工作。对于这些城市的印象，都来自车窗里才绽开就消逝的楼宇和姑娘。全球化了，各国的建筑师都到处串了，各种时装杂志都到处发行了，各地的楼宇和姑娘越来越像，像到面目模糊，天下一城。累极，忙晕，被闹铃吵醒，我偶尔会愣几秒钟，才意识到自己的肉身在哪座城市。

后来，意识到，经过这么多城市而不入，太浪费，几乎是种犯罪。于是，

随身佩戴之后，
无时无刻不提醒自己一些必须珍惜的事物和必须坚守的品质。

君子无故，玉不去身，
时刻提醒自己，
不要吃喝嫖赌抽，
坑蒙拐骗偷。

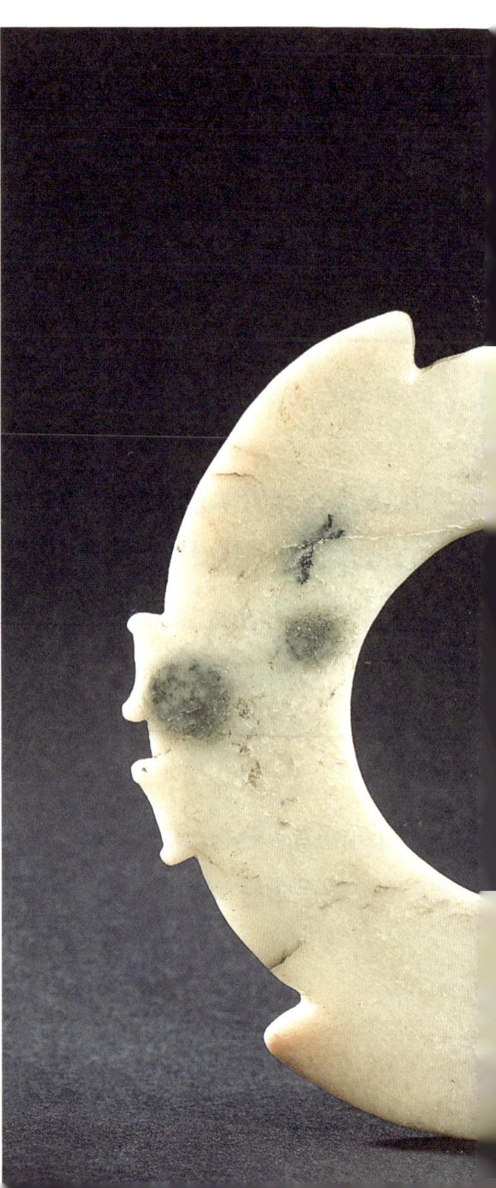

玉

君子无故，玉不去身

我就不懂了，为什么啊？
为什么能为珠宝干出这么多坏事啊？

因为工作关系，经常飞很多城市，短期停留，完事儿就走。早期的时候，使蛮力，机场、酒店、会场，三点一线，心无旁骛，只是工作。对于这些城市的印象，都来自车窗里才绽开就消逝的楼宇和姑娘。全球化了，各国的建筑师都到处串了，各种时装杂志都到处发行了，各地的楼宇和姑娘越来越像，像到面目模糊，天下一城。累极，忙晕，被闹铃吵醒，我偶尔会愣几秒钟，才意识到自己的肉身在哪座城市。

后来，意识到，经过这么多城市而不入，太浪费，几乎是种犯罪。于是，

随身佩戴之后，
无时无刻不提醒自己一些必须珍惜的事物和必须坚守的品质。

压缩行程，全力争取加入两个内容：吃口当地饭，逛逛当地博物馆。总结各处土菜，感叹，在到处麦当劳和好莱坞和苹果手机的今天，文化多样性最好的体现是土菜，各种黑暗料理彰显文化差异，我们都看《泰坦尼克》，但是一些人吃汉堡，一些人吃肉夹馍，即使中国心没了，中餐胃到死都在。总结各种博物馆，我有个疑问，无论古今，无论中西，为啥人类都爱戴珠宝？都用贝壳、美石、硬木、金银、琉璃、珊瑚、琥珀？西方用金多些，东方用玉多些而已。

是为了自己能有些变化。仿佛一天里有日出、月落，一月里有量多、排卵，一年里有春夏秋冬。在突出变化这点上，比刺青好，刺青不容易改，后背刺个张飞，很难改成美人，但是玛瑙戒指可以轻松换成翡翠戒指。

是为了自己与众不同。我有你无，我美你丑，我雅你俗。

也可能是为了添些念想。这个戒指是爷爷留给老爸，老爸再给我的，我暂得一阵，再传给儿子，心里想：这个王八蛋会不会懂得这个戒指

君子无故，玉不去身，
时刻提醒自己，
不要吃喝嫖赌抽，
坑蒙拐骗偷。

意味着什么？能不能保佑他？他会不会无后？会不会把戒指丢了？会不会把戒指送给一个莫名其妙的人渣？

也可能是远鬼近神。珠宝的很多纹饰来自宗教和巫术，有的号称能驱鬼，有的号称能辟邪。珠宝用的多是世间稀少而夺目的材料，戴上之后，或许会更容易被神看到和眷顾。

最后一个能想到的原因，是随身佩戴之后，无时无刻不提醒自己一些必须珍惜的事物和必须坚守的品质。比如卡地亚的三色金手镯象征：亲情、友情、爱情；比如玉从春秋开始就号称有五德：仁、义、智、勇、洁。君子无故，玉不去身，时刻提醒自己，不要吃喝嫖赌抽、坑蒙拐骗偷。至于为什么这些珠宝能代表这些品质，和星座决定命运一样，和血型决定性格一样，约定俗成大于科学逻辑。

2003 年，我买的第一件珠宝是一对玉镯，交易地点是农展馆西边的一个小饭馆。一个老哥抛出一只白玉碗，在酒桌当中盛五香瓜子，白玉碗的碗口嵌了一圈金子。金、玉、瓜子和周围七八个被二锅头点燃的酒徒的脑袋形成对比，感觉很魏晋南北朝。老哥展了一对玉镯给我，说：清朝的，二龙戏珠，青白玉，种、沁、工都好，尽管不是白玉，但是价钱合适。

我借着酒劲儿和灯光看了，的确好看，润而不腻，两条龙似乎在手上游。我问了一个无数门外汉最常问的问题：你怎么知道是清朝的？

老哥吃了口菜，沉吟了一下，说：你怎么知道一个女人是六十岁、三十六岁，还是十六岁？知道门道之后，道理是一样的。

我正好需要送人礼物，正好包里有刚取的一信封现金，就趁着酒劲儿买了。然后酒徒里就有人开始跳上酒桌读诗，然后老哥就把镶金玉碗迅速收了起来，瓜子撒了一地。

因为想知道为什么这对玉镯是清代的而不是当代的，我读了近一吨重的讲古玉的画册，很快沦陷，沉溺其中。中国人用玉的时间早于用文字的时间，用玉的习惯在之后每个用文字的朝代绵延不绝，玉成为理解中国人审美本质和审美变化最好的材料。很快，见了一定数量的古玉之后，对于古玉的喜爱从清朝往上古而去，迷恋商周以及红山、龙山、齐家等文化期，迷恋那些时间里赋予玉器的人神交流、灵鬼互通的功能。对于清朝玉器的喜爱，则完全集中于玉质珠宝：手镯、手链、项链、发簪、戒指、扳指。我毫不怀疑，在电动工具使用之前，人类的手工技艺（不是艺术水平）在清朝达到了顶峰。

最喜欢的一个玉扳指也是清朝的，羊脂白玉，留枣金色皮子，藏传佛教纹饰。玉商说，中间刻的藏文是六字真言。购买的原因很简单：套在左手大拇指上就拔不出来了。又试着拔了几下，实在太好看了，也就不想拔出来了。

我从初中时代开始痛读古龙，一直就有个挥之不去的疑问。古龙在小说里总是使出吃奶的力气编，把很多美丽妇人编得非常恶毒，实在逻辑不通的时候，就编这些美丽妇人干坏事都是为了能得到美丽珠宝。我就不懂了，为什么啊？为什么能为珠宝干出这么多坏事啊？放弃这么多不该放弃的东西啊？

那天，在古玩城，在我从左手大拇指拔白玉扳指的过程中，我忽然懂了。

机械手表
不要降低公司的品位和格调

一个女领导终于忍不住对我说，这样不好，每次我看手机，她都觉得我品位和格调很低，因为她和我一个公司，我看手机连带着她和公司的品位与格调都很低。

科技的快速进步让很多人变得过时，也让很多器物变得多余。

七〇后是“桥一代”。我上小学的时候，谁家里有个九寸黑白电视机就是整个楼羡慕的对象。计算器绝对是新鲜玩意儿，带着考试，老师不认识，如果有人四位数加减乘除算得太快，老师就认为他是天才，直接保送科大少年班，毕业之后直接保送沙漠做导弹，献了青春献终身，献了终身献儿孙。铁臂阿童木带着“卡西欧”三个字在早期的电视里游荡，我处心积虑有了第一个卡西欧计算器之后，和老爸玩游戏，

在计算器上先按出 50，从 50 开始，可以减 1、2、3，看谁能先减到零。谁输了，谁洗碗。上初中的时候，学校有了电脑，那时的机房类似手术室，层流通风控制细菌浓度，进门脱鞋，脚臭蔓延。后来我教老爸学 486 电脑，老爸说：什么玩意儿啊，干啥都像猜谜，而且每做啥都要等好久。

而我外甥一代，眼睛看大小屏幕的时间绝对超过看另外一双眼睛的时间，绝对超过看窗户的时间。他们有了屏幕就不闹，两三岁的时候抓过手机就不哭，十一二岁的时候捧了 iPad 就不用吃饭了。我问我外甥，长大做啥，他说，做游戏测试师。

老爸说：你给我的三台电脑都特别慢。

我说：耐心些，就算给你买现在最高档配置的电脑，也没用，它反应一慢您就砸键盘，您上任何网站有恶意软件就安装运行。再说，您省下时间，还是没啥可干啊。

老爸说：生命不是用来等待电脑的，而且，我要求很低，看视频和打游戏而已。

我说：这些已经是最高要求了，您还得耐心些，在您学习能力严重减退之后，只剩耐心这一条路了。

我没时间，外甥在的时候，让外甥教老爸如何面对电脑保持耐心。外甥后来和我说：姥爷不是数码时代的原住民，姥爷小时候的教育缺了很多基本的东西。

2000 年前后，我第一次有了手机，不得不天天带着，攥在手里，生怕别人找不到自己，和社会失去纽带。手机上时间、日历、通讯录都齐全，腕子上的手表变得多余。

2005 年前后，我给自己买了第一块机械表。那段时间，我开始频繁做 PPT 演示，讲得口吐白沫。因为要控制好几十页 PPT 是在三十分钟、六十分钟还是九十分钟内讲完，所以我总是在 PPT 演示中看手机显示的时间。一个女领导终于忍不住对我说，这样不好，每次我看手机，她都觉得我品位和格调很低，因为她和我一个公司，我看手机连带着她和公司的品位与格调都很低。她说男人要戴块好表，最好是机械表，做 PPT 演示时不戴表，严重点说和裤子不拉拉锁一样。

品位和格调且不论，我也感到了一些不戴手表的实际困难，比如要按一下手机才能显示时间，不能拿起就看到，比如手机在话筒旁边会有静电干扰等。

买的第一块表是块入门级的最简单的百达翡丽。白金正圆表盘，三针，三点位有个扁方的日历窗口，黑色鳄鱼皮表带，后背透明，看到很多细巧的螺丝和轴承还有金色的 PP 十字标志。表是二手，店主说是九八成新，出生纸和盒子都在。店主说是刚从澳门进的货，听说原主人先是第一晚赌博挣了钱，买了表，第二晚又赌，很快输了钱，又把表送进当铺。

那时候我不知道百达翡丽是啥，带我去这家二手手表首饰店的姐们儿说：买这个 PP 吧。别买劳力士，金光闪闪的，你看上去像个读书人，那和你的品位与格调不匹配。我刷卡付款的时候有些肉痛，一个第一次听说的牌子，又没上千年的历史，又是一个赌鬼过手的，又不能放东瀛 AV，又不能耍美国电玩。

后来，多少次在会议前、在酒后、在 PPT 演示中，我向这个机械的美丽的金属组织探问时间，渐渐意识到它的美丽。它不谦虚，也不夸张，不像法国表那么装，也不像德国表那么僵。以后，我再翻时尚杂志，常常能一眼认出它的同类，仿佛读到某些文字风格突出的伟大作家的文章。以后，我又常常看到这个牌子的广告，提醒你，你从来没有真正拥有它，你只是为了下一代暂时保管它。这是我见过的最凶残的广告之一。

我买古玉扳指的时候，常常用余生可能存活的天数去除古董商索要的价格，算下来，每天的花费还能承受。如果按照 PP 表广告的说法，如果我再加上我后代可能存活的天数，PP 表的价格实在是太便宜了。

我想，早晚有一天，我会停止用手机，手边有个智能终端能高速上网就好，我希望这一天早点到来。如果需要交谈，那就面对面，中间摆些花生米、拍黄瓜和酒或者花、香和茶。但是，我不会停止使用最新的数码产品。我渐渐认定，总是第一批使用新上市的数码产品，是延缓衰老的最好方式之一。

我想，再晚一点，我会停止用手表。我会老到有一天，不需要手表告诉我，时间是如何自己消失，也不需要靠名牌手表告诉周围人类我的品位、格调、富裕程度和牛逼等级。我会根据四季里光线的变化大致推断现在是几点了，根据肠胃的叫声决定是否该去街口的小馆儿了。

男人要有些士的精神，有所不为，有所必为，
活着不是唯一的追求和最终的底线。

风衣 男人四十 少说话

男人过了四十，千万少说些话，拉长脸，闭紧嘴，买件立领风衣，浓个眉大个眼，一直走，不要往两边看，还能再混几十年。

高仓健是在中国最有名的日本男人。本来，他是在中国最有名的日本人，后来，老了，又有了互联网，又出了苍井空老师，她也变得非常有名。如果在现在中国的总人口里普查，估计苍井空比高仓健有名，她是在中国最有名的日本人，他是在中国最有名的日本男人。

前几天，有部美国的科幻电影，《星际穿越》，我的朋友圈被这四个字刷屏。理科猥琐男分不清咖啡豆和咖啡粉泡出的咖啡的区别，平时能得意的时候不多，全靠每两三年一部科幻大片扬眉吐气，诉说十二维空间的区别和薛定谔的猫——除了谈论这部电影，再联想到过去二十部科幻神作，再提及最近的科技突破和创新思考，比科幻更科幻，比明天更明天，比如讨论人类社会现象是否也都展现出与恒星、行星、黑洞等天体类似的表现形式和内在逻辑以致最终都能用分段函数总结出来，比如“Philae 在彗星 67P 的表面发现了有机物，这意味着地球生命来自外太空的假设又多了一个证据”。

今天，高仓健过世的消息传来，我的朋友圈被“高仓健”这三个字刷屏了。六〇后急着写缅怀的文章，八〇后急着问谁是高仓健，我急着追忆他在我成长的时候都留下了什么印记。他是我哥哥那拨儿人的偶像，我哥哥大我九岁，论世代，高仓健是上上个世代的人了。他一生拍了二百来部电影，回想起来，我看过的似乎只有《追捕》和《远山的呼唤》。哥哥辈儿的人反复讨论，我插不上嘴，一直坐在旁边听着。他们当时总结出来的主要结论包括：

第一，男人答应的事儿，必须做到，使命必达。

第二，别人给的药不能随便吃。特别是医生给的，特别是周围都是男医生和男护士的时候，否则脑子没病都会被吃成有病。一旦脑子有病了，就彻底说不清了。

第三，女人一头长发，骑匹大马，很迷人，非常迷人，而且，她是来救你的，就无比迷人。无论她要带你去哪儿，你都不要拒绝，先上马，然后闭嘴，什么都不要问。

对于第一点，我有疑问：如果男人发现自己被骗了，也一定要完成答应的事儿吗？哥哥辈儿的人都严肃地点点头，否则就不是男人了，否则就不是高仓健了。

对于第二点，我严重同意。本来我就不爱吃药，以后就更不吃药了，即使被父母逼着吃了，也像他演的那样，马上找个马桶吐了。后来学了八年西医，更明确了是药三分毒。人体复杂，不要轻易药物干涉，除了维生素C，不吃其他药片，多休息、多喝水，多数病自己就走了。

对于第三点，我当时还没发育完全，没感觉。后来发育完全了，想想

摄影 吕海强 @微信公号：LHQPHOTO

买件立领风衣，
浓个眉大个眼，
一直走，
不要往两边看，
还能再混几十年。

这个景象，还是不能完全认同。估计我采取的态度是，先跟着这个长发女人和马跑出去二三十里，然后问，接下来干点什么？晚饭吃什么？

在我认识的人中，从高仓健那儿受益最多的是我哥哥。因为我妈话多，我哥哥从小不爱说话，再加上短头发、高颧骨、长下巴、青春期常挤包留下的一脸疤，被认为是最像杜丘的人。这样被认为了一段之后，他更不爱说话了，脸更长了。

一个远房表舅去日本进修，给他带回一件日本原产风衣，和高仓健常穿的同款。尽管北京的春天和秋天很短，适合穿风衣的天数很少，我哥哥还是整天穿着这件风衣，除了严冬和酷暑。他闭着嘴在风衣里、在大街上走来走去的样子，常常被人提起。前前后后，我哥哥也有过很多女朋友，都是一头长发，但是都没大马。他们躲进屋子里，哪儿也不去，都不说话，悄无声息。上了大学之后，我有一次在宿舍里看了号称是全本的《追捕》，解除了原来的一些疑惑。比如在山洞里，真由美一把抱住杜丘，然后接吻，然后公演本就没了，全本接下来这两个男女的确干了点什么；比如史村警长去真由美房间抓杜丘，真由美拦着不让进，然后公演本就是史村一脸尴尬，全本是真由美就开始脱衣服，史村就一脸尴尬。看了全本之后，我对这个一头长发一匹大马的姑娘就没那么多疑问了，如果她来救我，我也会一句话不说跟着她走的。

现在，日本产的电影和电视剧很少在中国看到了，关于日本的电影和电视剧越来越接近童话，常常出现手撕鬼子、箭射飞机的神奇场面。所以，再出现另一个高仓健的可能性不大。

现在想来，高仓健这个很可能唯一的高冷形象对于中国的现实意义是：男人要有些士的精神，有所不为，有所必为，活着不是唯一的追求和最终的底线。特别是在士的精神高度缺乏的地方，仿佛在一个水土流失严重的地方，需要一些仙人掌类的植物。

对于男性形象的现实意义是：男人过了四十，千万少说些话，拉长脸，闭紧嘴，买件立领风衣，浓个眉大个眼，一直走，不要往两边看，还能再混几十年。

房子 我的理想小房子

一生中，除了做自己喜欢的事儿，
剩下最重要的就是和相看两不厌的人待在一起。

老舍先生快到四十岁的时候，在《论语》第一百期发了一篇文章，讲他的理想家庭。家庭太复杂，涉及太多硬件和软件、生理和心理、现在和未来，一篇文章不容易讲透。这篇文章，我只想聊聊我理想的房子。组个理想家庭的重要前提之一，是有个理想的房子。

多数人类包括不少禽兽都有筑巢的冲动，尽管生没带来一物、死带不走一物，生死之间，总想有块自己私有的窝儿。人都有个妈，我也有一个。我妈是纯种蒙古人，我的理解，蒙古人居无定所，骑上马就带着全部家当走，下了马放下家当，就是家。但是我妈到了城市，很快就开始念叨，她想要有个大房子，我说和蒙古习俗不符啊，她说她也不知道，但是她就是想要。我想，这些说不清楚但是一定想要的，往往根深蒂固地编码在人类基因里。

我心目中理想的房子要有十个要素。

第一，房间面积要小。

一卧，最多两卧。多出来的一个卧房当客房或者等小孩儿长到青春期为了自摸方便坚持要求自己睡或者偶尔夫妻吵架需要分房睡。每个卧房不超过十平方米——乾隆帝的卧房也不过十来平方米，平常人王气更弱，不僭越。卧室里最好有大些的衣橱，常穿的衣服可以挂起来，旅行箱也可以藏到视线之外。

一厨。如今的女性喜欢平等，做完饭不洗碗，所以要有洗碗机；要有烤箱，没女人做饭的时候可以烤鸡翅和羊肉。

一起居室。一桌，六到十把椅子，吃饭、喝茶、看书、写作都有地方了。最好有个真壁炉，天冷的时候点起一把火，心里就踏实了。最好有个宽大的单人真皮沙发，中饭之后，瘫在里面看书，被书困倒，被夕阳晒醒，午睡前的书都记到脑子里了。

这样算下来，一百平方米足够了。如果嫌小，想想，多出来的面积和房间你一年也去不了几次；想想，面积小，好打扫。如果还嫌小，想想减东西，一年以上没碰过的东西，理论上讲都可以扔了。不用参“断舍离”，只参一个“扔”字，就好。

第二，要有个大点儿的院子。

有树。最好是果树或者花树或者又开花又结果。自家的果子长得再难看也甜；哪怕花期再短、平时打理再烦，每年花树开花的那几天，在树下支张桌子，摆简单的酒菜，开顺口的酒，看繁花在风里、在暮色里、在月光里动，也值了。

有禽兽。大大小小的鸟用不同方言叫，松鼠、野猫、鹿不定时地来看看你在读什么书，知道你没有杀心，见你靠近也不躲避，稍稍侧身，让你走过去而已。

第三，要有好天气。

不要太干燥，不要太潮湿，冬天不要太长，夏天早晚不要太热。

第四，要有景色。

尽管你天天看，但是景色依旧重要，或许也正是因为你会天天看到。如果你的眼睛足够尖，你会发现，尽管你天天看，景色每天都不一样。上天下地，背山面海，每天看看不一样的云，想想昨晚的梦，和自己聊一会儿天，日子容易丰盛起来。

第五，附近要有公园。

越近越好，走路三五分钟能到最好。如果开车才能到，不能算房子附近有公园。公园不用很大，简单的草坪，一圈二三百米，能跑步就好。人过四十，一身不再是使不完的力气，反而有总拉不开的筋骨，跑步是解药。每天跑跑，三五千米，汗出透，整个人都好了。

第六，附近要有大学。

最好走路能到，最好是所像样的好大学。有大学就有图书馆，有看不完的书可以蹭看。有大学就有苍蝇馆儿，而且开得晚，一年到头都有便宜的好吃的。有大学就有教授，要张课程表，去蹭大课听。有大学就有女生，花树的花落了，还可以在校园里看女生。

上天下地，
背山面海，
每天看看不一样的云。

想想昨晚的梦，
和自己聊一会儿天，
日子容易丰盛起来。

第七，附近要有足够好的生活设施。

最好能有几家好餐馆，开了几十年，食材新鲜，厨师踏实，菜好到你常吃不厌，懒得做饭了，就能不做。最好能有几家好咖啡馆，豆子现磨，闻香进门，早餐和糕点都让人惦念。最好能有一两家走路能到的独立书店，时常能翻翻新书，每次能买到一两本过去一直想读但是没机会读的旧书。小学和中学都在走路范围内，否则接送小孩儿上下学就会消耗掉你不多的自由时间。多数病都是年纪大了之后得的，老了之后，医院是必需的。医院最好走路能到，不必雕梁画栋，等候时间不长就好，医生能不乱开药、能多和你解释病情、能体会到你的痛苦就好。

第八，城市要有历史。

最好百年以上，连续不断。有很多古董店，家具、瓷器、餐具，买了就用在日常的生活里，一年下来，在古董店买的东西比网购还多。有不少博物馆，一些古迹，偶尔逛逛，觉得祖先并不遥远。

第九，一个小时车程之内有国际机场。

人偶尔还是要出去走走，度假、会友、凑热闹。

第十，附近要有朋友。

最好有很多朋友。朋友们就散住在附近几个街区，不用提前约，菜香升起时，几个电话就能聚起几个人，酒量不同，酒品接近，术业不同，三观接近。菜一般，就多喝点酒；酒不好，就再多喝点，很快就能高兴起来。

一生中，除了做自己喜欢的事儿，剩下最重要的就是和相看两不厌的人待在一起。从这个角度看，这第十点是最重要的一点。所以如果看上一处房子，买了下来，让房子变得更理想的捷径是鼓动好朋友也买在附近，共我山头住。

当然，这十点之前，有些更基本的要求：空气是干净的，水是能喝的，食品是能吃的，无论什么时候在街上走是安全的，没有什么人是能不依法就把你从你的房子里带走的。有时候，这些要求看上去是如此基本，但是有时候，又似乎是那么遥不可及。

老舍先生写这篇《我的理想家庭》是 1936 年，他在文章结尾的时候说：“这个家庭顶好是在北平，其次是成都或青岛，至坏也得在苏州。无论怎样吧，反正必须在中国，因为中国是顶文明顶平安的国家；理想的家庭必在理想的国内也。”如果老舍先生还健在，他在哪里，北平就在哪里，哪里就是北平。

我理解他在那时的无奈，佩服他在那时的乐观。希望我们都有他的乐观，希望一切无奈落去，希望一切理想成真。

跑步
让自己和身体尽人力

跑步能让脑子暂时停止思考，脑子的闪存清空，绝大多数的纠结抹平。
如果还放不下，就再跑五公里。
放下之后再拿起，心神中会多出很多新意。

我中学的同桌一直生得壮实，以前常住美国，最近常住北京，常运动，总发给我各种她跑步的路线图，路线图总在我生长的垂杨柳附近，总说一起去跑步，毫无私情，仿佛小时候在八十中、三里屯附近溜达。有次我正巧在，于是一起去，从广渠门向南，沿着护城河外圈跑到永定门，再换到护城河内圈折返，一身汗，又一次深切体会到跑步的好处。

跑步，救过我两次，如今是第三次救我。

第一次是在小学。我从小多病，小学三年级之前总被父母带着去复兴门附近的儿童医院，那个儿童医院很大，后来我熟悉得常常指点父母哪里是哪里。小学三年级之后的一个班主任充满常识，很严肃地和我谈，身体这样下去不行啊！我说，这样，以后我走路的时候就跑，一路小跑，跑习惯了，身体或许就好了。后来，我就严格执行了，从小学门口到我家，跑十分钟。我书包叮当作响，我跑上三楼，跑进家，我爸的炒菜就上桌了。我爸说，他一听到我书包的响声就葱姜下锅，我跑进家门，菜就刚熟。我跑去报亭买报，我跑去副食店买散装白酒，我跑去工厂洗澡，后来，我真不用去儿童医院了。

第二次是在军校。念北大之前，我在信阳陆军学院军训了一整年。到军校报到的时候，我一米八零，一百零八斤，一年之后，离开军校的时候，一百五十斤。在军校，每天早上六点起，跑半小时步，再吃饭。每顿早饭两个馒头，每个馒头比我脑袋都大。一年军校的底子让我吃了二十年。这二十年的运动只有：念书、思考、饮酒、蛋逼、写作、开会、坐车、乘机。到了四十岁前后的时候，我发现，底子吃没了，再不锻炼，再不跑步，不行了。还是一百三四十斤，但是和以前的分布不同了，二十年前是一棵树，抵抗万有引力，昂扬挺立；现在是一口袋劈柴，顺着万有引力，就坡下驴。还是念书、写作，但是两三个小时之后，腰背就痛得叫喊，再也没有物我两忘、晨昏恍惚的状态了。

所以又想起在过去救过我两次的跑步，重新开始跑步。随身的行李箱里永远放一双跑鞋、一条短裤、两件换洗的圆领衫，我继续原来的野路子，按照以下五个原则，跑步：

第一，敢于开始。和写作一样，最难的是开始。开始是成功的一半，挤出一个小时，逼逼自己，放下手机，去风里跑跑，风会抱你。

第二，必须坚持。又和写作一样，不想再继续的时候，再坚持一下，在所有的情况下，会越来越轻松。听各路神仙说，如果想有任何效果，至少跑半个小时，最好一个小时。

第三，忘掉胜负。和写作一样，本来就没有输赢，不和这个世界争，也不和别人争，更不要和自己争。争的结果可能是一时牛逼，也可能

是心脑血管意外，后者造成的持续影响大很多。

第四，享受成长。跑起来之后，很快发现，渐渐地，一千米不是问题了；渐渐地，三千米不是问题了；渐渐地，一万米不是问题了。身体很贱，给它足够时间适应，它就能干出很多让你想不到的事儿。又和写作一样，三年一本书，十几岁开始写起，四五十岁的时候，你就写完了十本书。

第五，没有终极。又和写作一样，涉及终极的事儿，听天，听命。让自己和身体尽人力，其他不必去想，多想无益，徒增烦恼。在这五个跑步原则下，跑步给我带来十个好处：

第一，欣快。肉体运动，肌腱伸缩，坚持一段时间，内啡肽和多巴胺分泌加强，不用药品不用酒精，自然欣快。

第二，甜睡。跑到量之后，身体持续微微发热，倒头便睡，一觉儿天亮，做梦都梦到睡觉。

asics
MARATHON DU MÉDOC
ARRIVÉE
4920
STEPHANE
跑族
TANG
1654
1667

人生中第一个“全马”。

第三，能吃。跑完之后，洗个澡，真饿啊，上菜之前恨不得把筷子当成竹子吃了。等菜上来，狂吃，因为跑步已经耗掉了好几百大卡，心里毫无压力。

第四，能瘦。规律跑步之后，体重能抵抗年岁的压力。人过了四十，很多事儿逐渐看开，但是一觉儿醒来，发现腰身还能套进大学时代的牛仔裤，还有肉眼可及的髂骨和腹肌，还是会开心地笑出声来。

第五，去烦。与其一起撮饭，不如一起流汗。年纪大了之后，聚在一起常常不知道说些什么，尽管没去过南极，但是也见过了风雨，俗事已经懒得分析，不如一起一边慢跑，一边咒骂彼此生活中奇葩一样摇曳的傻逼。

第六，感受。航空业的确已经发达很久了，行万里路不再是牛逼的标准之一，但是很多小时候走过的路我们还没重新走过，和读老书一样，再走一次，再跑一次，很多复杂的感受会超出语言表达的极限。很多小时候没走过的路还是该走——尽管生长在北京，北京很多好玩的地方我还是没去过，所以找个晴天，跑十公里，去牛街吃羊杂。

第七，充电。长期写作一次次提醒我，不跑步不行了。尽管鸡鸡还是能晨僵，但是一天写完五千字，如果不跑一小时，第二天完全写不出蹦蹦跳跳的段落和句子。四十岁之后的春节，我只做三项运动：写作、跑步、陪父母吃饭听他们骂街。

第八，放下。跑步能让脑子暂时停止思考，脑子的闪存清空，绝大多数的纠结抹平。如果还放不下，就再跑五公里。放下之后再拿起，心神中会多出很多新意。

第九，偶遇。我在跑步中遇上过黑莓、很多毛的狗、不知名的花、不知名的面目姣好的女子。

第十，独处。没有其他人，没有经常看手机的一个小时，胜却人间无数。

跑步，谢谢你。

附录：北京的三条散步径

春天，北京刚绿之后，杨花滚地之前，屁股再沉，不出屋子走走也说不过去。

我生在北京，从小多病。北京的冬天似乎比一年都长，所以从来不爱运动，一动不如一静，今天俯卧明天再撑。从几岁到四十几岁，勉强喜欢过的运动包括：

和哥哥姐姐坐在屋门口聊天。我都忘了聊什么，但是几个小时很快就过去了。似乎主要的议题是：哥哥问姐姐，女人是什么？姐姐问哥哥，男人是什么？他们一起问天，爱情是什么？人生是什么？我一边听一边想，傻啊，你们俩能代表男人和女人吗？问天问地如果能有答案，屈原不早就记录在《天问》里了吗？

01

天坛有北京二环里最大片的绿地，人再多也能躲得开。

有大群的喜鹊，体大于鸡，降落时我心里常常替古松古柏担心。有白玉兰，花大于碗，落下时心里常常怕砸伤小朋友。

02

这一散步径上有生老病死，有当下的繁华，

有几百年前被杀头的政治犯提醒你：“凡事莫当前，看戏不如听戏乐；为人须顾后，上台终有下台时。”

03

和男生一起走过，走的时候没勾肩搭背，没说将来如何征服世界。

也和女生一起走过，走的时候没摸她头发或者腰上的肉，没说什么是幸福。

01

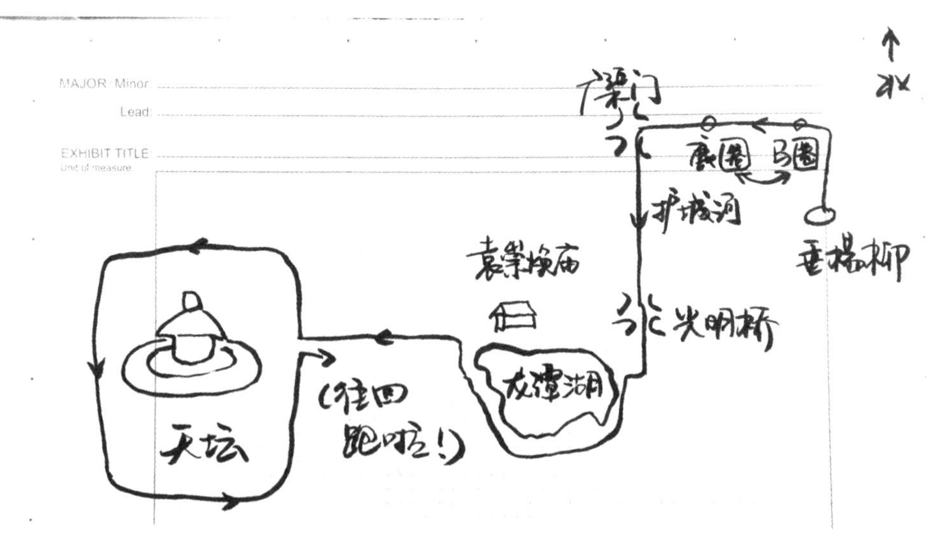

02

MAJOR Minor
Lead
EXHIBIT TITLE
(往回跑啦)
西华门
东华门
午门
帅府园1
协和医院
中国
医科院基础所
协和9号院
中央美院遗址
协和小礼堂
北

03

MAJOR Minor
Lead
EXHIBIT TITLE
(往回跑啦!)
北京大学
湖
塔
西堤
颐和园南宫门
北

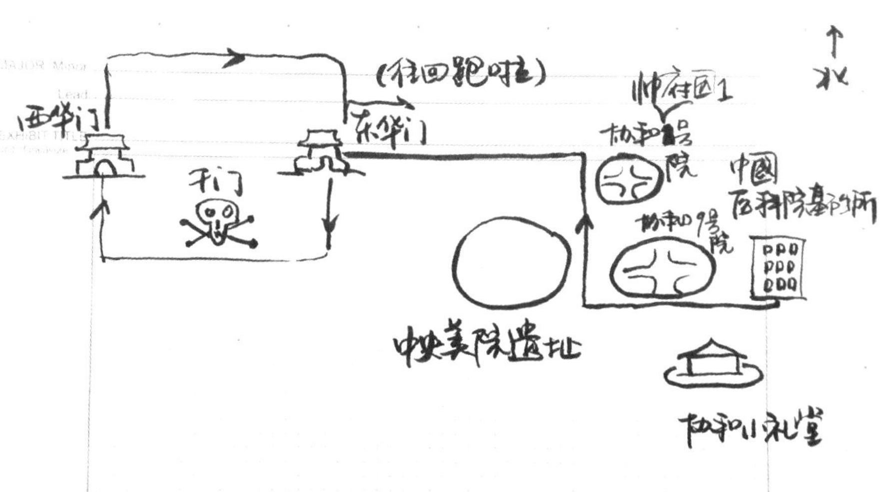

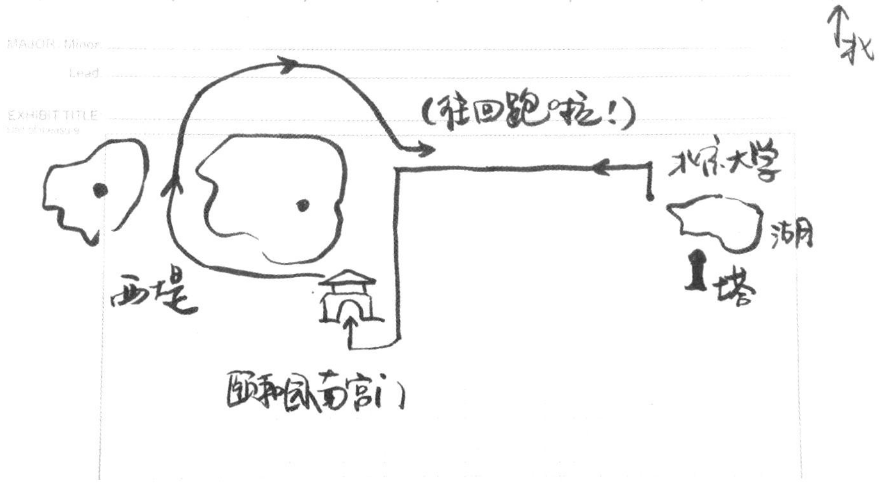

一个人练武。我看过街面上能找到的一切武侠小说，我坚信我有练武的天赋，只缺一个师父、一本秘籍、一个被封在山洞的机缘，就会成为一代宗师。在师父到来之前，我从来不用四肢练武，怕养成坏习惯。我也从来不和别人动手打架，怕内力莫名外泄，伤及无辜。

乒乓球。在北京市少年宫受过三个月半专业训练，买过两个 729 反胶直板乒乓球拍，用过进口发球机，但是三个月之后就被老妈绑回家了。她的理由非常简单：世界冠军只有一个，怎么看也觉得我不像。打乒乓球就不能当饭碗。

其他运动还包括：极限性读书（读到累极，睡在书上，或者吐在桌子上），坐在窗边看屋外女生，极限性喝啤酒（膀胱极限），运动性麻将，打 C&C，开会。

一直喜欢的运动是散步。“春三月，此谓发陈，天地俱生，万物以荣，夜卧早起，广步于庭。”春天，北京刚绿之后，杨花滚地之前，屁股再沉，不出屋子走走也说不过去。

北京人多、车多、路宽，适合散步的散步径不多。挑我有缘常走过的喜欢的，罗列如下：

从垂杨柳向西，经鹿圈、马圈至广渠门，再沿护城河向南，过光明桥后向西，可绕龙潭湖一周，可再向西至天坛东门。天坛有北京二环里最大片的绿地，人再多也能躲得开。有大群的喜鹊，休大于鸡，降落时我心里常常替古松古柏担心。有白玉兰，花大于碗，落下时心里常常怕砸伤小朋友。

从中国医学科学院基础所向西，至协和医学院礼堂，向北入九号院，穿西花园，至五号院。向西至王府井大街，再向西向北，至东华门；沿筒子河蜿蜒至午门，至西华门。这一散步径上有生老病死，有当下的繁华，有几百年前被杀头的政治犯提醒你：“凡事莫当前，看戏不如听戏乐；为人须顾后，上台终有下台时。”

从燕南园向北，出北校门，向西奔颐和园；颐和园东宫门那条路游人太多，就走南宫门；沿着西堤往北，一线桃花垂柳，西边大片的湖。水草、水鸟，觉得走着走着就能走到水里去。和男生一起走过，走的时候没勾肩搭背，没说将来如何征服世界。也和女生一起走过，走的时候没摸她头发或者腰上的肉，没说什么是幸福。我在走过多次西堤之后，第一次看到杭州苏堤时，没惊艳，没觉得美如仙境。乾隆是中国历史上最大的文物破坏犯之一，他艳羡江南，修了西堤，从此功过相抵。

在中国，毁一个美景的最简单方式是让人知道这个地方。希望这篇文章之后，这几条北京的散步径在让很多人感受到人生美好的同时，不被太多的人毁掉。

中医
我的先人不是来自中药星球

在现世，比较稳妥的建议是：西医定义未病时，用中医；
西医定义绝症时，用中医。

因为工作的关系，我长期在世界各地到处跑，心里慢慢出现一个问题：尽管中华文明是四大古代文明中唯一延续至今的，但是现代中国人的生活似乎和中华文明没什么关系。

世界很多地方的人活在他们的历史中，用着他们多年来一直使用的器物，而我们面对我们的中华文明，似乎在面对着一些极其陌生而遥远的事物。

衣：男的绝少穿长衫、戴扳指、玉不去身。女的绝少知道什么是扁方、步摇、缂丝，穿个旗袍也以大腿露到髂骨为目的，和旗袍的各种讲究没什么关系。

食：《清异录》《随园食单》里面很多果、蔬、禽、兽、鱼、酒、茗已经成为传说，还剩下的一些食材，仔细检查，很多接近人工化学产品，和天地的关系越来越远——鱼虾不再生猛，果蔬不再闪闪发亮。水体到处被污染，泡茶如何敢再用雨水、雪水、惠泉、趵突泉、虎跑泉？到处宜家和百安居，谁还冒着一百次被骗九十九次的危险去找曼生壶、建窑盏？

住：地铁上盖物业，塔楼送保姆间，联排送露台，别墅地中海、英伦、优胜美地风情，谁还明白斗拱结构？谁还辨识得出来柏木、楠木、花梨、黄杨？谁还讨论悬山式、歇山式、鸱吻和美人靠？

行：谁见过正规的轿子？谁还会骑马？除了女骑警之外，哪个城市主干道花乱开的时候还让骑马斜行？

文字：有多少比例的大学毕业生通读过《史记》《唐诗三百首》？有几个公知能基本不用字典读通古代汉语？

还有中医：有几个人通读过《黄帝内经·素问灵枢》？有几个人明白什么是望、闻、问、切？什么是气、血、阴、阳、虚、实？

我认识一个大哥，某著名国医大师的直系后代，长子长孙。一次小酒喝美了之后，我问："您为啥不学中医？"

大哥说："我是中国人，我也学了中文，甚至，我还学了古文，但是中医里面说的，它不是中文啊！你听听：'外感病邪，卫气抗邪，脉气鼓动于外，故脉位浅显。浮而有力为表实，浮而无力为表虚。内伤久病因阴血衰少，阳气不足，虚阳外浮，脉浮大无力为危证。'你说，好好说人话不行吗？你说，地球上是不是真的来过外星人？他们的星球上中草药繁盛，他们身上按照固定的格式长满了穴位，他们每个人都打通了全部经络，在他们的星球，想自杀、早衰、早死是一件不可

世界上很多地方的人会在
他们的历史中，
用着他们多年来一直
使用的器物，
而我们面对我们的
中华文明，
似乎在面对着一些极
其陌生而遥远的古物。

能的事儿。在远古时代，有几个中药星人不巧来到地球，他们没忍住，和中国人杂交，生出的后代莫名其妙地遗传了外星人关于中药、穴位、针灸的知识，这些后代继续繁衍，星星点点散布在中国人之中，只有带着这些基因的，才有可能真正懂中医。在繁衍过程中，中医基因复制、组合、变异，有些中药星人的后代变得再也不能理解中医了，比如，我。你说中医有道理吧，那些道理实在不像人话。你说中医没道理吧，靠着一把草药几根针，中国人繁衍成了地球上人口最多的种群。”

我问：“您和您父亲说过您这个中药星球理论吗？”

老哥说：“嘿嘿，没有。”

我在协和念了八年，学的是西医体系，只念了一个学期的“中医学”，兼修了一学期针灸，无机、有机、结构、定量等化学倒是学了七八门。教中医的男老师白糯粉嫩，四十多岁的人看上去像二十多岁的，经常露出处男身材和处男神情。他反复强调，如果我们什么都记不住，一定记住足三里，“母鸡穴”，“没事儿每天自己按按，等于天天吃一只大母鸡”。我们都不信中医老师只是每天闲时自摸足三里保持处男风貌的，下课后，女生们围过去问他常年用什么护肤品，男生们小声嘀咕，高度怀疑他精通传说中的采阴补阳大法，但又不好意思深问。

作为这样一个西医学生，总结我理解的中医如下：

第一，我所知的中医甚少。

第二，中医缺少西方现代科学的理论基础（我一直不理解为什么不下大力气做中医和中药的大样本随机双盲实验，系统性证明中医和中药的有效性，哪怕不能全面阐释其有效性的机理），中医医生依靠经验远远多于理论，整体直觉判断远远多于逻辑推导，个体因素远远多于系统因素。中医远远比西医容易被坏人利用，现在坏人又特别多，小心。

第三，对于人类而言，未知远远大于已知。我愿意相信，我孤陋寡闻，应该有中医大师存在，只是我至今还没见过。在现世，比较稳妥的建议是：西医定义未病时，用中医；西医定义绝症时，用中医。

另一件我比较肯定的事是：我的先人不是来自中药星球。

摄影 吕海强 @微信公号：LHQPHOTO

第四品

意之器

问：如何是平常心?
师云：狐狼野犴是。
——赵州从谂禅师

世界这么多凶狠，
他人心里那么多地狱，
内心没有一点混蛋，
如何走得下去?
——冯唐

大学教育

我在协和学到的十件事

所有学过的知识，哪怕基本都忘了，如果需要，我们知道去哪里找。
因为我们学过，我们知道这些知识存在，
我们不容易狭隘，不狭隘往往意味着不傻逼。

三十岁后，什么时候退休，是个大问题。回答这个问题的方式有很多种。比如，国家规定，现行是男性六十岁退休、女性五十五岁退休，听说因为社会老龄化日趋严重，有关部门要延长退休年限，男性六十五岁、女性六十岁。再比如，挣到够花，马上回家。当然，现在够花是否将来够花，需要充分考虑通货膨胀和欲望膨胀。

我还有一种针对自己的算法：我的工作年限至少要等同我的上学年限，否则觉得愧对社会，内心不安。我小学、中学“义务”教育十二年，协和医科大学义务教育八年，美国 MBA 教育两年，也是拿了美国提供的奖学金。

2014 年春夏之交，我受协和邀请，去协和医大近百年历史的小礼堂，给小我二十岁的师弟师妹讲协和传统。我使劲儿想，协和八年大学教育，我学到了什么。我觉得我在协和学到了十件东西。

第一，系统的关于天、地、人的知识。

在北大上医学预科，学了六门化学，和北大生物系生物化学专业学得一样多。学了两门动物学，无脊椎动物学和有脊椎动物学，第一次知道了鲍鱼的学名叫作石决明，石头、明快、决断。学了一门被子植物学。还学了各种和医学似乎毫不相关的东西，包括微积分。在中国医学科学院基础所学基础医学，当时学了大体解剖、神经解剖、病理、药理等，从大体到组织到基因，从宏观到微观都过了一遍。在协和医院学临床，内、外、妇、儿、神都过了一遍。

去北大之前，我们还去了信阳陆军学院军训一年。当时学了如何带领一个十人左右的班级、如何攻占一个山头、如何利用一个墙角射击、如何使用三种枪支等。军校期间，我看了十一本英文小说，其中一本是劳伦斯的*Lady Chatterley's Lover*。

现在回想起军训、北大、基础、临床，我常常问一个问题：学这些东西有屌用啊？

第一点用途，在大尺度上了解人类，了解我们人类并不孤单，其实我们跟鱼、植物甚至草履虫有很多相近的地方，人或如草木，人可以甚至应该偶尔禽兽。

第二点用途，所有学过的知识，哪怕基本都忘了，如果需要，我们知道去哪里找。因为我们学过，我们知道这些知识存在，我们不容易狭隘，不狭隘往往意味着不傻逼。

在大尺度上了解人类，
了解我们人类并不孤单。

其实我们跟鱼、
植物甚至草履虫有很多相近的地方，
人或如草木，
人可以甚至应该偶尔禽兽。

第三点用途，是知道不一定所有东西都需要有用。比如当时学“植物”，我还记得汪劲武教授带着我们上蹿下跳，在燕园里面看所有的植物物种，后来我读过一句诗，“在一个春天的早上，第一件美好的事是，一朵小花告诉我它的名字”。

第二，知之为知之、不知为不知的求真务实的态度。

先要承认自己的无知和无能。学西医内科的时候，老师反复强调，80% 的病不用管它，自然会好，nature cures。这反而映衬了我们对很多疾病并不彻底知道成因，并不确定什么治疗方法如何有效，比如 SARS，我们到现在也不清楚为什么会出现、为什么消失，也不确知明年会不会再次出现。

其次，面对这么多的未知，我们还是要给病人相对笃定的建议。我们要给病人列出几个可选方案，要跟病人讲清楚不同方案的优劣，要给出我们推荐的优选方案。

再次，不作假。不能说假话，不能做假数据。我一直坚信，如果没有真的存在，所谓的善只能是伪善，所谓的美也只能是妄美。我记得在协和教过这句话，说哪怕再难听的真话，也比假话强。

最后，要有天然的谦虚。因为你不知道、你做不到的太多了，你要永远保持谦和。导师郎景和讲过一个故事，有位妇科大夫曾对他说："郎大夫，我做过很多妇科手术，我从来没有下不来台，没有一个病人死在我的手术台上。"郎大夫停了停，说："尽管有些残忍，我还是要告诉你人生的真相。人生的真相是，你手术做得还不够多。"

第三，以苦为乐的精神。

学医很苦，有位协和老教授说，原来的协和校训是"吃得苦中苦，方为人上人"。后来新中国成立了，新社会了，校训只剩前半句，"吃得苦中苦"。我做医学生的时候，那些大我三四十岁的老教授，早上七点之前，穿戴整齐站在病房里查房，我再贪酒、再好睡，都不好意思七点之后才到。二十世纪九十年代，协和门诊夏天没空调，教授们也是西装、领带、衬衫，从早上八点到下午三点，不吃饭，几乎不上厕所、不喝水，汗从脖子上流下来，流进衬衫。当时的协和不熄灯，教室在七、八楼，住宿在六楼，食堂在地下室，晚饭四点半开，我从五点多开始看书，一直到深夜。从那时候起到四十多岁的现在，我没有在晚上十二点之前睡过。

第四，快速学习一切陌生学科的能力。

最开始学神经解剖的时候，协和内科主任以过来人的身份去给我们鼓劲儿，我问，颅底十个大孔，您还记得哪个是哪个吗？哪个都有哪根神经、哪根血管穿过吗？我估计当时那个内科主任心里非常恨我。他当时的回答是：我虽然忘记了一切，但是我学习过，我清楚地知道怎么学习。

第五，热爱实操。

实操就是落实到底，把事儿办了。什么是临床？协和老教授讲，临床就是要临、床，就是医生要走到病人床边去，视、触、扣、听。书本永远是起点而已，永远难免苍白无力；一手资料永远、远远大于二手资料。

第六，追求第一。

协和在东单三条方圆这几十亩地，每年几十个毕业生，最初的两百多床位，至今的近百年历史，就是一部中国现代医学史。没有协和，就没有中国现代医学。如果问协和门口的病人：为什么非要来协和？病人常常会说：来协和就死心了。病人和死亡之间，协和是最后一关和唯一一关，所以这一关必须是最好的、最牢固的。这是荣耀，也是责任和压力。

第七，项目管理。

所谓项目管理，就是在有限的时间、人力、物力下，把事情做成。协和八年，尽管功课很忙，又忍不住看小说，我还是做了北大生物系的学生会副主席和协和的学生会主席。寒暑假基本没闲着，看小说之外，都用来完成一个个“项目”。比如，在北大的第一个暑假，同四个同学一起，和植物学汪劲武教授去四川和甘肃，寻找一种非常少见的山竹。我完全忘了那种山竹的重要性在哪儿，似乎找到之后可以改写被子植物史或者呼唤神龙。我记得的是，师徒五人，漫游二十天，每天住旅店，每顿有荤有素，最后在有限的预算之内，找到了那种山竹。

第八，与人相处，与人分利。

当时协和，一间宿舍，十平方米，放三张上下铺的床，住六个人。当时协和，一届一个班，一个班三十人，一个班只有一个班花。这种环境，教给我如何在资源有限的情况下与人相处，与人分利。

第九，抓紧时间恋爱。

大学期间，二十多岁，你会觉得时间永远静止，人永远不老。但是，这是幻觉。这段时间过得再慢，也会过去。男生小腹再平坦，也会渐渐隆起或者松弛，女生面庞再粉白细嫩，也会渐渐残败。大学的时候，班上的妇女是很美好的。奉劝各位男生，花开堪折直须折，莫待无花空折枝。协和往西不远，有东华门、筒子河、角楼、午门，傍晚牵了手走走，很好的清风朗月，从来不用一钱买。协和往西不远，有三联书店可以乱翻书；往北不远，有中国书店可以乱翻书。往任意方向，都有大量的马路牙子可以坐着喝雪花啤酒，乱看姑娘。这些，都不太费钱。

第十，人都是要死的。

协和八年，集中见了生老病死，深刻意识到：人终有一死。这似乎是句废话，但是，很少人在盛年认识到这点，更少人能够基于这个认识构建自己的世界观、人生观和价值观。因为人是要死的，所以，一个人能支配的有效时间非常有限，所以，要非常珍惜，每一餐、每一天都不要轻易给无聊的人或事。因为人是要死的，所以，人不要买自己用不上的房子，不必挣自己花不了的钱。像协和很多老教授一样，早上在医院食堂吃碗馄饨，上午救救人，下午泡泡图书馆，也很好，甚至更好。

因为人是要死的，所以要常常叨念冯唐说的九字箴言：不着急，不害怕，不要脸。

财富观

富二代的自我修养

如果我只能追求一种名牌，我一定追求教育上的名牌：
上最好的大学，读最有名的名著。

2015 年 3 月 7 日，深圳二十几个有理想有朝气的富二代组建线下研修平台，我被请到深圳，见证研修平台的成立并做主题发言。发言之前，主持人问我，发言题目是什么。我说：题目是“如果我是富二代”。主持人是个帅小伙儿，洗洗脸之后，像王力宏。他听了题目，面露难色，估计是觉得“富二代”听上去含贬义。我说，别急，那就内容不变，换个高大上的题目，“职业经理人的自我修养”，参考书是斯坦尼斯拉夫斯基的《演员的自我修养》。

下面十条，是那次主题发言的总结。如果我是富二代——

第一，我要树立正确的财富观。钱是资源。有钱就是有资源，有资源就可以做很多好事，所以有钱真好。钱是能力的一种证明。有能力不一定有钱，但是没能力一定没钱，所以富二代的父辈都很了不起。

如果我是富二代，我会时常告诫自己，钱超过一定数目就不是用来个人消费的了。个人能温饱就好，多出的个人欲望需要靠修行来消灭，而不能靠多花钱来满足。

我会尊敬父辈，我从他们手上接过数额巨大的财富，说明他们了不起，并不能说明我了不起。

我会不喜不悲，用好财富，多挣钱、持续挣钱，做好事、持续做好事，让世界更美好一点点。

第二，再忙我都要留下读书和游学的时间。没有学识，难守财富。如果我只能追求一种名牌，我一定追求教育上的名牌：上最好的大学，读最有名的名著。

第三，我会苦练基本技能。比如，如何做好一个一小时的访谈，如何用十页 PPT 把问题说清楚，如何又快又好地写出一篇千字文，如何组织好一次上百人的会议。

第四，我会尽可能在著名的大公司、大机构工作三到五年，亲尝最正规的做事方法。如果在教育之外，我能再追求一种名牌，我就追求工作的名牌：去最知名的公司和机构工作，不问工资，不惜力气。

第五，进入家族自己的企业之后，我会尽快负责一块小而完整的业务，学会管理一整张损益表，带一支小而全的团队，控一个完整的局面。因为是富二代，练习大处着眼的机会从小就有，练习小处着手的机会需要自己争取。带好一支百人的队伍是带好千军万马的基础。

第六，我会寻找两到三个一生的朋友。和他们在一起就能放松，做最

钱超过一定数目就不是用来个人消费的了，
个人能温饱就好。

多出的个人欲望需要靠修行来消灭，
而不能靠多花钱来满足。

CHANEL

不掩饰的自己，见到也没啥特别的，但是不见到就会想念。

我会寻找两到三个人生偶像，他们的一生轨迹让我的一生有具体的参照系：什么时候可能遇上什么样的诱惑和困境、通常要如何应对。

我会寻找两到三个人生导师，他们能在不同方面给我切实的基于实例的言传身教。

第七，我会认真培养一个爱好，争取做到半专业。用这个爱好来抵抗无聊，来练习暂时放下工作、放空大脑，来为退休后的生活做准备。拥有巨大资源、带上万人的队伍，本身就会产生巨大的心理压力，一天似乎没干什么，无非是调解了两三个人事、开了两三个会，就会觉得累。肉身不在公司，不等于心能离开，快速地放空是种非常必要的修行，一个认真的爱好能有很大的帮助。

第八，我会规律、适度地锻炼。有了钱，有了资源，也就有了使命，身体也就不仅仅是自己的了。

第九，我会逐渐建立我的世界观、人生观和价值观。面对不确定，形成自己的主见并敢于坚持、再坚持。很多时候，没主见比主见不完美更可怕。但是，保持适度开放的心态，在别人能够说服你的时候，接受别人的意见，这不丢人。要有心胸，多听批评和负面的意见，这才是真正自信的表现。最让父辈欣慰的不是我完美无缺，而是我一身毛病但是每天都比昨天完美一点。

第十，我会时不常想想，如果我有一天不是富二代了，怎么办?

世事无常，你看他起高楼，你看他楼塌了。但是，如果我身体力行第一到第九条，不是富二代了又怎样? 有了第一到第九条，即使不是富二代了，也可以从头再来，自己做富一代。

有帽子是一种相，
没帽子也是一种相。
内心不必太执着于无帽子的相，
也不必太执着于有帽子的相。

名声
从高冷到贱萌

师弟说："你不该这样娱乐化！那个真人秀主持人的事儿就完全不该做！我们不忍这么看着你由高冷堕落到贱萌！"

我感觉名声离我越来越近了。我可能要红了。

以前在飞机上被人盯着看一阵，常常被问："您是不是周润发、黄晓明或者阮经天？"现在常常被问："您是不是冯唐？我在微博和微信里读过您的文章，在香港机场买过您的成人爱情小说，看不太懂。您最近还老上电视，甚至主持了一个真人秀，那是什么鬼？"

今年夏天来临之前，我去了一趟纽约。一个活动上有个重庆姑娘说，看了您的《论一切》，后天请您去哥伦比亚大学讲讲"论文学和文学之外"。反正我去纽约也是为了卖《北京，北京》的英文版，就答应了。

Jessie
Wendy 26 Dec. 07
Lam
大肚腩
Jenny

第三天我去了，发现能坐三百人的讲堂里坐了接近四百人。

从 2012 年开始，我租了北京钟鼓楼以北一百多米一处旧庙的东配殿作为工作室。据说，此庙始于元代，当时叫千佛寺，明代叫清净寺，清代叫宏恩观，曾是慈禧的家庙，新中国成立后改为某工厂的厂房。我在东配殿里相对清静地待了三年。尽管利用率很低，我能待的时候，就呆呆地待，喝茶、看书、码字、聊天、打盹，坐在屋檐下看大殿柱子裂成网纹的暗朱红表面，不一会儿，鸽子飞过去，雨点落下来。渐渐，我似乎能想象明末清初时候北京的样子，石涛、乾隆的心情。进入 2015 年不行了，工厂值守的阿姨和叔叔们开始喜欢和我聊天，间或还带着孙子、孙女来，说，这个叔叔是位作家，常写一些你长大了才能看、才能看明白的书。我想，清静不在了，我得挪地儿了。

因为 CBD 在过去三十年以大北窑为中心渐渐形成，我故乡垂杨柳的方圆五里内也渐渐冒出一些精致好吃的馆子。请八十中的一个师弟在新翻修的京广中心吃新派北京小菜，师弟闷头吃，闷头喝，然后说，好吃，然后说，喝高了点，所以之后说的真心话是为你好，身边很多你的真朋友都有类似担心。然后师弟说："你不该这样娱乐化！那个真人秀主持人的事儿就完全不该做！我们不忍这么看着你由高冷堕落到贱萌！"

趁师弟把好酒都喝完之前，我加紧喝了几大口，也说，我也喝高了点，我就坦诚地从一个战略管理顾问的角度、用一个文学比喻来阐述我对名声的看法吧。

名声如帽子，戴在人头上的帽子。

第一，既然是好东西，为什么不让更多人知道和接触？如果这个头是个大好头颅，为什么不让它戴上帽子让更多人更容易辨识？大好头颅躲来躲去，不戴帽子，也是欺世。

第二，戴上帽子之后，一定有人觉得此大好头颅是傻逼，于是取消关注。

这又怎样？如果这些人只是因为此大好头颅无名且美所以喜欢，这些人的心理有问题，远离这些人。戴上帽子，失去这样一些人，不会因此失去真正的美誉度，得到的是成倍的知晓度。

第三，有帽子是一种相，没帽子也是一种相。内心不必太执着于无帽子的相，也不必太执着于有帽子的相。有帽子，无帽子，都是一种经历，都需要亲尝，皆为玩耍。“戴过帽子，体会过，耍过，我懂得了（Being there and done that）。”

第四，戴着帽子，脑子不要过热，还需要好习惯去保持那个头颅还是那个大好头颅。人要定，进屋子就摘帽子，继续读书码字发呆想事。身留闲，一年里一定要空出来两三个月的时间，避免应酬，只摄入、不输出，多读、多写，少看或者不看任何评论。

第五，不必和太多人讨论帽子的美丑。既然戴帽子是相，投射到不同人的心识里就是不同的相，何必强求赞美？何必强调一致？何必消除噪音？何况，个体不是国家机器，根本不可能做到消除噪音、一致赞美。

第六，“欲戴王冠，必承其重。不要低头，王冠会掉。不要哭泣，有人会笑”。这个态度也太励志、太权谋，放松，戴戴耍耍，不留神，王冠掉了，掉就掉了，掉了就索性长发飘飘。

第七，成名要晚，戴帽子要晚。名实相符，帽子和头颅配套，甚至帽子小一点、轻一点，脖子最舒服。但是头颅常常容易过热，失去金贵的自觉。帽子一旦戴到，超越引爆点，越来越大的帽子会越来越快地来到，没些阅历，通常招架不住。人生四十岁完成上半场，下半场才开始戴帽子比较稳妥。

说完七点之后，我微醺地回到垂杨柳住处，又喝了一瓶啤酒，高了，睡了。梦见千万双手拿着千万只手机在我面前，突然一只手机变成一支手枪，一个声音高叫着：“你变了。”然后枪响了，一阵风吹起，帽子飞了，肉身也化成风里的一团，吹着帽子飞走了。我坐在山门前面的台阶上，看过往的姑娘，看光影挪动，就着一瓶凉啤酒，看一本冷僻的书，偶尔在页眉和页脚上写几句超简的诗。一个姑娘凑过来看，说，你诗写得不错哎，如果接着写十几年，你没准儿会红哎。

任何写作者观察人性最好的媒介就是他/她自身，
描写人性择字炼句唯一的工具就是他/她的心智。

自恋

实事求是地自恋，让别人闹心去吧

能做到实事求是地自恋其实是自信和自尊。
任何领域做到最好之后，人只能相信自己的判断，只能自恋。

进入2015年，在写作近三十年之后，在第一本长篇小说出版近十五年之后，在第一个基于我的长篇小说改编成电影之后，我似乎有点红了。在北京的饭局上，两三个第一次遇见的人中，会有一个人说是我的读者。在上海淮海路的街头走十分钟，我两次被拦下索要签名。当一个读者从包里拿出《冯唐诗百首》的时候，我深刻地觉得世界在这一瞬间变得不真实。在成都书店签售，一千多个读者把一千多平方米的大书店挤得满满的，我又累又怕；签完一千多本书之后，我汗出如浆、内心彷徨。

似乎有点红了之后，我被诟病得最多的地方是自恋。似乎我已经是新一代自恋的宇宙代表，其中比较极端的例子包括："我还是很喜欢冯唐的，我要是像他那样，我也自恋。我也和自己结婚，我也日自己的灵魂，我也宵宵欢乐多，就碾轧你们。"还有人传言，我只能对着镜子自摸才能到高潮，这个习惯是如此顽固以至于我只能娶我的右手为妻；壁咚的变种有很多，冯式壁咚只能是面对镜子，和镜子里我的影像悄声说，你真棒。

好吧，那就理性地说说自恋这个事儿。

首先，这些所谓自恋的极端例子都不是真的。和几乎百分之百的男性一样，我的确自摸，但是不是对着镜子，是对着电脑或者手机屏幕。我的右手的确不错，但是我更喜欢女人的胴体。我住的地方几乎没有镜子。我没学过壁咚。我学过给自己剃头，如今每两三周一次，每次三五分钟，用电动剃头刀把自己的脑袋剃出整齐的圆寸，这三五分钟是我照镜子最多的时候。

和古今中外的著名自恋作家相比，我似乎程度还浅。王尔德过美国海关的时候说，我只带了我的天才，我只有我的天才需要报关。苏轼借着李白说被流放中的自己，“李白当年流夜郎，中原无复汉文章”。我最多说过，文章有一条不绝如缕的金线，不好定义，但是对于明眼人洞若观火，尽管在文章凋零的现世，明眼人还是没死绝。

再细想，如果实事求是，真正做到顶尖，人凭什么不能自恋呢？我在协和学医，总被老教授们反复教导，“如临深渊、如履薄冰”。在特定的领域内吸取尽可能多的知识、练就最高的技能、对于每个病人小心谨慎殚精竭虑，然后才可以霸气地说，病人和死亡之间，我是最后一关。写作也是一样。任何写作者观察人性最好的媒介就是他 / 她自身，描写人性择字炼句唯一的工具就是他 / 她的心智。在表象的世界和创造之间，我是最后一层窗纸。任何对自身不敏感的作者，任何不让自身在写作中真实飞舞的作者，任何只能用别人的视角和别人的语言方式写作的作者，都写不出真正伟大的作品。

其他任何手艺也是一样，能做到实事求是地自恋其实是自信和自尊。任何领域做到最好之后，人只能相信自己的判断，只能自恋。如果不能实事求是，盲目地自恋，明明是江湖郎中，非从心底里认为自己是一代华佗；明明写的是速朽的文化快餐，非从心底里认为自己写的是千古文章，那和其他所有不能实事求是的现象一样，可以统一归类为傻逼。从这个意义上讲，自恋不应该是被诟病的对象，不能实事求是的傻逼才应该是被诟病的对象。

再细想，众人为什么会厌恶自恋的人?

其实也简单，因为众人不愿意承认自己比其他人差，众人觉得自恋的人的装逼准确地伤了他们的自尊。哪怕没有任何事实基础，不读书、不看报、不劳心、不劳力，众人也习惯性地认为自己的智商、情商、阅读、见识、美感有着很高的水平。矮子更爱居高临下，傻子更容易认为自己充满道理。

文章千古事，得失寸心知，绝大多数诟病我自恋的人都说不出一二三四，我也懒得一一驳斥。非让矮子明白自己是矮子，非让傻子承认自己是傻子，也是很耗神费时的事儿。对付世间闹心的事儿，只需要搞清楚两件事，一件是“关我屁事”，另一件是“关你屁事”。如果简单粗暴地应用到被人嘲笑自恋的这个事儿，那就是“我自恋关你屁事”“你不爽关我屁事”。

实事求是地修炼，实事求是地恋他和自恋，让别人闹心去吧。

随身佛

和所有美好的未知一起存在

那一瞬间，我完全看不到她的脸，但是我深深感到，她是高级太多的物种，
创造她的不是她爸妈而是一种强大而神秘的力量，
如果没有外星人，那么或许有神。

我们这一代的正规教育里没有宗教。

没有宗教的教育强调的是如下内容：世界的一切都是可以解释的。人是猴子变的，猴子是石头变的，石头是一次莫名其妙的大爆炸之后形成的。人定胜天，世上无难事，只要敢登攀。个体是渺小的，组织是强大的，任何内心的软弱都是封建主义和资本主义的，封建主义糟，资本主义糟，社会主义好，封建主义已死，资本主义必亡。

在二十世纪七十年代长大，那时候，没有宗教，也没觉得有什么不好。

只要知道这个随身佛在附近，
和那些所有美好的未知一起，
真实地存在着，
我就会心安一点。

小孩在天地间疯跑，不知道名利为何物，学习基本常识，食蔬饮水，应付无聊的课程，傻愣愣地杀无聊的时间，骂所有看不上的人“傻逼”。本身近佛，不需要佛。

第一次的宗教感来自一个高中时代的下午。秋光脆亮，秋云不动。我在水泥案子上打乒乓球，对手正手攻球打飞了，我转身跑去捡球。拾起球、站起来的一瞬间，仰头看到不远处一个练长跑的女生背对着我，双手紧握双杠的一根，压肩膀。我不认识她。

她的肩压得很低，黑直头发梳成马尾，随重力垂下，最低处低于她臀部的最高点。她的小腿腓肠肌拉得很长，挣脱运动裤，近脚踝处裸露出一段，和裸露的脖颈呼应，对抗重力向上，似乎一直延伸到臀部的最高点。太阳被云遮住一部分，遮不住的光金子般从云彩边缘倾泻而下，一阵风从无何有处升起，操场上的国旗、白杨树的叶子和那个女生的辫子朝一个方向飘扬。

那一瞬间，我完全看不到她的脸，但是我深深感到，她是高级太多的物种，创造她的不是她爸妈而是一种强大而神秘的力量，如果没有外星人，那么或许有神。

下一个瞬间，我的乒乓球对手在水泥球台的对面遥远地高喊：“快打球啊，马上要上课啦，发什么呆啊，你丫傻逼啊。”

参加工作之后，我开始不成系统地阅读佛经，特别是禅宗文字。一是为了增加些佛教基本常识。在国内到处走，到处都是历朝历代甚至当代的寺庙，寺庙里面那些花花草草、神神鬼鬼都是什么啊，我不想脑子里一片空白。二是为了大处着眼，拿佛的形而上做个救生圈，让我不要陷入名利的大海里不见天日。不时翻两页佛经，扯脱一下，套着救生圈，上半身浮出水面。三是为了消化禅僧们在汉语上的实验成果。在探索汉语甚至语言的可能性上，某些唐宋禅僧走得比唐宋诗人和词人更远、更荒芜。

佛经里常常有插图，画里的佛常常健美得仿佛长跑运动员，尽管都是正面像，但是我知道，他们的背面都有着漫长和坚实的腓肠肌。

我有个朋友专营佛像。石头的居多，也有铜、木、铜鎏金的，绝少玉的；仿的居多，也有真的，锁在保险柜里，不摆在外面。他的生意在春节前和两会后特别好，他说，越是心虚的人，买的佛越大。他的店是个小套间，里面一间有个沙发，沙发下面有个塑料盆，塑料盆里常年一盆酸水，酸水里横七竖八泡着好几个佛。我说，你也太实在了吧？孙二娘也是不小心才把人的手指头包进包子里，你做旧的酸味儿在楼道里都闻得见。他嘿嘿笑，还是继续泡。

他知道我的收集以高古玉器为主，很少碰佛像，但是总想卖我点佛像。我说我到处跑，平均一周跑三座城市，拉杆箱是真正的家，如果买个仿造铜佛，占半拉箱子，其他东西怎么放？过关被海关拦住，他们如果分不出是仿造，我怎么办？他打开保险箱，说，可以买随身佛啊。

我先后在他那里买了五尊随身佛。三个铜鎏金，他说了三个佛的名字，我都没记住；两个黏土烧的随身佛，他说了另外两个佛的名字，我也没记住。他说这类黏土烧的随身佛叫“擦擦”，软泥按入模具，烧制而成，和做饼干、月饼类似，讲究的烧制后上颜色，甚至有的“擦擦”后面有高僧的指印。

其中一个“擦擦”常住在我的拉杆箱里。我很少求它办什么具体的事儿，比如这班 CA981 不要晚点啊、这次五个小时的高速路不要出车祸啊、某个股权交易一定要完成啊之类。晚上，我把它从拉杆箱里拿出来，摆在酒店的床头，恭敬地拜一下，拜的时候从来没有任何想法，仿佛早上出门和太阳点一下头。

只要知道这个随身佛在附近，和那些所有美好的未知一起真实地存在着，我就会心安一点。有次，我和我妈说，如果我死在她前面，我的肉身烧成灰儿之后，建议她把灰儿拌了黏土，烧几个“擦擦”，随身带着，百毒不侵。

我妈说：“你妈。”

简单下去，再简单下去

唐卡

人微如草芥，但是不妨碍心细如丝，志坚如屌。
平时如丝，让世界基本过得去；不平时如屌，让世界不能永远过得去。

似乎对一些传统和时髦的坏词有天生的好感。

比如流氓。流氓多好啊，身无分文，心怀妇女，不知今夕是何夕，不担心明天是哪天，坐在马路牙子上喝啤酒、无所事事，多好啊。

比如屌丝。人微如草芥，但是不妨碍心细如丝，志坚如屌。平时如丝，让世界基本过得去；不平时如屌，让世界不能永远过得去。

比如混蛋。世界这么多凶狠，他人心里那么多地狱，内心没有一点混蛋，如何走得下去?

再比如，小资。小资怎么了?

见花落泪，对月伤心，是有心有肺，有情有义。有多少似乎过不去的事儿过不去一年? 有多少看上去的大事最后真是大事? 名片上印不下的名头，抵不过左图且书、右琴与壶，抵不过不得不退去时一颗好心脏、一个好女生。

从我知道有小资这个词开始，我就知道西藏。那是骨灰级小资的圣地，离俗人最远，离天或者心灵最近。但是，我们去西藏寻找什么呢?

我第一次去西藏是 2003 年，非典正旺，满街抓发烧的。我还在麦肯锡，替一个制药公司做中国县域市场战略。他们当时的老大是个韩国人，用英文给我解释背景:“我们对于北上广深的药品市场比你们熟悉，但是我们 70% 的药是在中国县域市场卖的。我们不知道是怎么卖的，尽管增长很好，我们很恐惧，我很恐惧。”

我们在中国大地上选了两个省，每个省选了两个地级市，每个地级市选了两个县，每个县选了两个镇，每个镇选了两个村，尽量想有一定的代表性。两个省中的一个是四川省。四川离西藏很近，有个周末，不想回北京了，怕北京疫情太盛，回去就回不来四川了，我带着小队飞去拉萨。周五下午飞，周日下午回，尽管匆忙，毕竟算是去过布达拉宫，去过大昭寺，去过西藏博物馆。

我到了拉萨机场就觉得阳光猛壮，在出租车里就开始狂讲我所知有限的蒙藏佛教史，那些发音古怪的前贤大德的名字在阳光下似乎变得自然起来，莲花生、宗喀巴、阿底峡，仿佛某些在阳光下一直生长的植物。结果周五晚上出现高原反应，一直睡不着觉，满眼星星，满脑子糨糊。周六买了几幅唐卡，都是关于藏医藏药的，有的主要描绘药用植物，有的主要描绘药用动物，有的主要描绘藏医手法。

你我竟然像山、云、湖水和星空一样，
一直在老去，
一直在变化，
一直没问题。

迷迷糊糊回到成都，吃完饭，我埋单，同事去结账，忽然传来他杀猪般的号叫："一千块钱，一千块钱。"我们结账的发票刮开，中了税务局一千块钱的奖。餐馆老板说他这辈子都没见过，他一直以为税务局是个级别最高的骗子："怎么可能从税务局拿回钱呢？"买那几幅唐卡，刚刚好是一千块钱，佛给我们报销了。

十年之后，2013 年的春天，开始在北京接触一点点藏传佛教类器物，比如买两三个"擦擦"送人，比如买个带藏文六字真言的扳指乱戴，比如去原来三世章嘉的智珠寺里吃东西。忽然发现，藏传佛教的神系很复杂，几百个神佛，几百种姿势，上千种法器，如果仔细研究，够写三部《指环王》。正巧在同一时间闲翻《清史稿》，发现，如果没有处理好藏传佛教和拉萨，满族就不可能坐稳江山，就不可能有康乾盛世。三世章嘉和乾隆的关系，粗粗想来，都是很好的小说主题。

2013 年的夏天，程功导演发来短信："一起开车走川藏线进西藏最后到珠峰吧！二十多天，我已经找到做坛城的喇嘛，闭关几十年的隐士，再简单下去，再这样下去，你我都是佛了。

两千多公里磕长头到拉萨的藏民，几代天葬师。”

可惜，我那时正是俗务缠身，满心是如何播下种子，在中国多做几家不一样的医院，放不下二十几天。四个月之后，2013 年的冬天，程功导演说纪录片的小样剪出来了，九十分钟，我看完，程功问我怎么看，我说，我说不出什么，但是我会推荐几个好朋友去看。这九十分钟至少解决了我一个问题：“我为什么要不顾名利辛苦做医院？”我想，这九十分钟也能帮助那几个朋友解决一两个他们心中的问题。我说，我还是写吧，给我一天，写写我的一孔之见。

没耐心等到天亮，在回住处的路上，我写了如下的短信给程功：

“你我都不是佛，喜怒哀乐、贪得无厌、吃喝嫖赌、执迷不悟。佛法是佛用的，佛法不适用你我的生活。但是，简单地印佛经，是简单地为了来生能幸福；简单地不作恶，是简单地敬畏必然而来的因果报应；简单地忍受整年磕长头般苦难，是简单地认定能让亲人少些苦难。这样简单下去，再简单下去，脑子没弯儿了，手脚有劲儿了，山顶慢慢低于脚面了，拉萨就在眼前了。你我竟然像山、云、湖水和星空一样，一直在老去，一直在变化，一直没问题。再简单下去，再这样下去，你我都是佛了。”

摄影 吕海强 @微信公号：LHQPHOTO

第五品

阿赖耶之器

注：阿赖耶识：汉译曰藏，含藏一切诸法之种子，为有漏无漏一切有为法之根本。

问师：夫言圣人者，当断何法，当得何法，而言圣人？
答曰：一法不断，一法不得，此谓圣人。
进曰：不断不得，与凡夫有何异？
答曰：一切凡夫皆有所断，妄计所得。真心圣人则本无所断，亦无所得。
——牛头法融禅师

程序之下，
众细胞渺小。
程序之下，
众生呢？
哪个人又真能抓着自己的头发离开地面？
哪个人又真能摆脱程序编码给他的人性桎梏？
——冯唐

圆寂
老天的程序编码

那种控制，说到底是老天安排好的控制，
没有哪个细胞能自己控制自己的生死。
程序之下，众细胞渺小。

作为少数几种我愿意探究的神秘现象，圆寂一直盘桓在我心智里，一会儿像是某种封建迷信，一会儿像是某个灵异入口，蓝天宝瓶，白云苍狗。

常人总是在内心暗暗佩服那些能做出常人做不出来的事儿的人。有些人能对别人异常凶狠。比如小时候在街上两拨混混儿偶遇，其他人还在言语辱骂对方先人，某些人已经抡起板儿带往他觉得最欠抽的人的脸上招呼了。这些人如果早期没被背后的黑刀捅死，后来基本都成了大大小小的头目。

更令人佩服的是能对自己异常凶狠的人。比如去讨债或是谈判，在拿板砖拍对方脑袋之前，先拍自己脑袋，砖撞击头骨，砖碎碎，血滴滴，笑眯眯地问，你说，怎么办好？比如每个周六都能晚上十二点前睡、周日六点前起床的人，比如每月都要跑个全程马拉松的人，比如每年都写一本书的人，比如单相思二十年从来不表露的人，比如吃五香花生能忍住不喝凉啤酒的人，比如喝热豆浆能忍住不吃油条的人。

最令人佩服的是传说中那些掌握了圆寂的秘密的人。其他猛人，最多是：抽着抽着，切断自己一节手指，说，我戒烟了；吸着吸着，切断自己一只手，说，我戒毒了；抽送抽送，切断自己一个鸡鸡，说，我戒色了。掌握了圆寂的秘密的人，领导了一个极其秘密的行动，失败了，被敌人抓获了，被敌人五花大绑了，连嘴都被撑住，怕牙齿里有氰化钾。掌握了圆寂的秘密的人，微微一笑，然后就闭眼去了，不用毒药，不用挣扎。掌握了圆寂的秘密的人，和老情人在星空和蛙声下聊聊天，觉得花好月圆、人生饱满，宇宙间没有什么特别看不明白的事儿了。老情人困了，说洗洗睡了，明天一起吃早饭；掌握了圆寂的秘密的人说，好，然后就闭眼去了，星空恒久，蛙声恒久。

但是，真能做到把生死说平静放下就平静放下吗？

别说生死，能通过意念调控自己血压、血糖、血脂的人我都没见过。别说血压、血糖、血脂，能通过意念调控自己体温、心跳的人我都没见过。我原来研究卵巢癌，有个核心概念叫凋亡（Apoptosis），又叫程序化细胞死亡（Programmed cell death）。癌症的起因就是凋亡被抑制，细胞不再被控制地有节奏地死亡。那种程序，是老天编写的程序，我们反复研究，也只知道了一点点。而且，那种控制，说到底是老天安排好的控制，没有哪个细胞能自己控制自己的生死。程序之下，众细胞渺小。程序之下，众生呢？哪个人又真能抓着自己的头发离开地面？哪个人又真能摆脱程序编码给他的人性桎梏？

最近，在二十年苦读、十五年苦干之后，我递交了辞呈，不用再风口浪尖带千军万马。世界终于安静下来，终于可以不再每周干八、九、

掌握了圆寂的秘密
的人说，
好，
然后就闭眼去了。
星空恒久，
蛙声恒久。

十个小时，每年飞一百多次，每天靠闹钟醒来。终于可以多陪陪父母，多读读书，多写写书，多做些细小的温暖的事情。我交了所有的公司信用卡、密码匙、门卡、员工卡、车库卡、钥匙、电脑、手机、iPad，搬回了办公室的个人物品，看了看衣橱里的西装，叹了口气。我把没怎么用过的三十来条领带分别装进网上买回来的领带盒，把花红柳绿的二十来对袖扣分别装进网上买回来的袖扣盒，送给我原来团队的兄弟们——他们继续穿戴整齐，继续去征服世界，让天下更美好。

递交完了辞呈，身体突然发烧，连续五天，时起时落，低到 37 摄氏度，高到 39 摄氏度。成年时发烧比少年时发烧痛苦很多，头胀如斗，偶尔一跳一跳，仿佛被唐僧念了紧箍咒；汗出如浆，喝很多水，这几天来，构成身体的水分应该被换了一遍。五天之后，终于在不吃阿司匹林的情况下，六小时不烧了，脚踩在地板上，地板如雪地般柔软而起伏。这样的烧，在此之前的三十五年未曾有过。似乎身体知道自由写作、兼职投资的日子终于来了，于是迫不及待地把之前三十五年积累的毒素借着汗都排了出来。

由此想到圆寂，那些传说中对于生死的主动控制。一种可能的解释是：有些个体的意志力对于肉身的影响力超常，总能超常地榨取肉身的能量，干活成瘾。忽然一个时刻，这些个体长期追求的一个目标实现了——比如盖庙、比如革命、比如悟道、比如找到真正合适的接班人，这些个体的意志力瞬间放松，肉身瞬间报复。于是圆寂出现了，于是这些人升天了。

好吧，我不老提欠老天十本长篇了，写到哪里算哪里，老天，到底几本，我不告诉你，就不告诉你。

诗作为无用之器的三种用途

那些不朽的文人，
被记住的不是长篇小说、短篇小说、杂文，
而是“床前明月光”“面朝大海，春暖花开”
“春林渐盛，春水初生，春风十里，不如你”。

诗似乎是一种极其无用的人造器物。衣服可以御寒，可以臭美，可以显摆。酒可以加速血液循环，可以消乏，可以乱性。房屋可以躲避风雨，可以储物，可以裸坐。诗和自然之物更无法比。风可以去烦，花可以乱心，雪可以平抑欲望，月可以让很多妇女的月经变得基本规律。

秦始皇嗜杀，没安全感，为了维稳，焚书坑儒，放过了很多诗人，应了庄周的理论，“无用之物，因无用而长生”。但是，作为无用之器，诗对我还有三个无用的用途。

第一，泡妞。

相对男人而言，女人是另外一种物种，从男性视角有诸多不可解。比如女人可以散开头发坐在窗边，望着窗外的一无所有兴致勃勃地待一天；比如可以无底线地痴迷于一个人渣；比如可以为一个心智平平的儿子献出自己的一切乃至生命。再比如，女人喜欢花，喜欢有人送花给她，一大把植物的尸体插在瓶子里，散发出气味。相比花，女人，至少一类女人，更喜欢诗。她不一定是杨玉环，你也不一定是李白。自己写不出来，可以抄写古今中外其他人类写的。毛笔字、钢笔字都不好，可以用激光打印机。

我原来有一个同事，一直想如何追一个比他大八岁的姐姐。这个姐姐曾经是人大校花，拒绝过两位数的官二代和富二代。一句名言是：“男人以睡了谁为荣，女人以不睡谁为美。”同事问我怎么办，他迷她迷得不行了。我说，送花吧，送诗吧。我给他开了一个单子，列了古今中外一些著名骚客的名字：李煜、晏殊、纳兰容若、里尔克、聂鲁达，让他一天抄一首，抄的时候必须用心，一边抄一边想象就是他在写给她。每一字，每一行，从心底流到笔下，配上一捧花，相信念力，三个月，所愿必成。第一周，姐姐回他的短信类似“请自重，还是做一般朋友吧”。第二周，回他的短信类似“臭流氓，需要我帮你叫警察吗？”第三周，回他的短信类似“秋凉了，小刘，忙什么呢？”

第二，疗伤。

野史说，毛泽东特别烦的时候，游泳，写诗。蒋介石特别烦的时候，散步，背诗。我常年在路上，长期缺觉儿，但是如果累过头，仿佛长跑过了“极限点”，人反而会非常兴奋，会睡不安稳。这时候，不能刷微博，不能玩微信，最好的活动是背《唐诗三百首》。通常，我背二十首就会满脑子睡意，关了灯，或是关了 Kindle，抱着山月和李商隐的情怀沉入无何有之梦乡。

我常年劳碌，尽管热爱妇女，但没时间，无法让任何妇女满意。情伤之后，

如果在一座荒岛，
没电，没电视，没电脑，
一片蛮荒。
我想了想，如果只能
带一个活物，
我就带一个和我能聊
很多天的女人；
如果只能带一本书，
我就带一本《唐诗百首》

“得不到”，“留不住”，“无可奈何，奈何奈何”，唯一疗伤的方式就是拿伤口当笔头，写几行诗，血干了，诗出了，心里放下了。

第三，不朽。

没人记得 GE 或者 Coke 第三任董事长是谁，没人记得汉文帝或者彼得大帝第二个丞相是谁，没人记得沈万三或者刘文彩到底有多少钱，但是很多人记得李白、李商隐、李渔。即使是那些不朽的文人，被记住的不是长篇小说、短篇小说、杂文，而是“床前明月光”“面朝大海，春暖花开”“春林渐盛，春水初生，春风十里，不如你”。

如果去一座荒岛，没电，没电视，没电脑，一片蛮荒。我想了想，如果只能带一个活物，我就带一个和我能聊很多天的女人；如果只能带一本书，我就带一本《唐诗三百首》。

摄影 吕海强 @微信公号：LHQPHOTO

赞曰

减少自私的欲过简
的生活,也就减少
地球的机会,从而有效的保护

Keeping this awareess ateach
Will lead one to the knowledge
Subsequenly stop one
and regreting
生是苦,衰老是苦,忧
悲,苦恼与失望是苦.
怨憎相会是苦,爱别
离是苦,求不得是苦
生命是无常的一切众生
正在消逝,过去曾死.
未来将死,我也一样将
会死于此我没有怀疑。

如果

（戏仿《如果没有你》）

如果没有你　时间怎么过

如果爱上你　今生怎么活

如果忘记你　我还剩什么

信受奉行

无 眼耳鼻舌身意

无 色声香味触法

——《心经》

图书在版编目（ＣＩＰ）数据

在宇宙间不易被风吹散 / 冯唐著. — 北京：北京联合出版公司, 2016.5
ISBN 978-7-5502-7825-7

Ⅰ. ①在… Ⅱ. ①冯… Ⅲ. ①随笔－作品集－中国－当代 Ⅳ. ①I267.1

中国版本图书馆CIP数据核字(2016)第115257号

在宇宙间不易被风吹散
作　　者：冯　唐
责任编辑：管　文
北京联合出版公司出版
（北京市西城区德外大街83号楼9层　100088）
北京盛通印刷股份有限公司印刷　新华书店经销
字数122千字　880毫米×1230毫米　1/16　印张16
2016年6月第1版　2016年6月第1次印刷
ISBN 978-7-5502-7825-7
定价：45.00元